귀츨라프

귀츨라프

초판 1쇄 발행 2025년 6월 20일

지은이 | 이재인

펴낸곳 | (주)태학사
등록 | 제406-2020-000008호
주소 | 경기도 파주시 광인사길 217
전화 | 031-955-7580
전송 | 031-955-0910
전자우편 | thspub@daum.net
홈페이지 | www.thaehaksa.com

편집 | 조윤형 여미숙 김태훈
마케팅 | 김민선
경영지원 | 김영지

ⓒ 이재인, 2025. Printed in Korea.

값 15,000원
ISBN 979-11-6810-367-2 (02810)

책임편집 | 조윤형
디자인 | 임경선

귀츨라프

이재인 소설

태학사

서문

　회고하건대 나는 팔십 평생 남의 책을 많이 읽었다.

　그러나 몇 장 읽다가 저자의 진정성 있는 자세가 보이지 않으면 곧장 덮어 버렸다. 냉정한 자세였다. 그러기를 70년이 되었다.

　그러한 내가 《귀츨라프》라는 작품을 쓰면서 삶에 대한 진정성을 가지려고 무진 애를 썼다.

　귀츨라프 선교사의 인간적 순수함과 신앙적 거룩함과 그와 함께 조선 땅에 바람처럼 스쳐 갔던 선원들의 발자욱을 재현하려고, 없는 재능을 쏟아부었다. 최선의 노력을 기울였지만 가지고 있는 문예 기능이 따르지 못했다고 생각한다.

　필자의 나이와 살아온 신앙 경력으로 보면 좋은

글을 생산할 수 있을 것 같지만 의욕만 앞섰다. 강렬하고 문학적 상상력을 다하여 썼다는 점에서는 자부심만을 가지고 있다.

각설하고, 평소 경건하고도 열정적으로 공부하시는 안세환 목사님의 권고로 이 글이 쓰여졌다.

또한 사단법인 보령기독교역사문화선교사업회와 보령시기독교연합회 귀츨라프 위원회, 선교의 꿈을 간직한 은혜로운 목사님들께 감사드린다.

그리고 홍주를 사랑하는 문화예술계, 또한 원숙자 선생님, 김정헌 교장님, 소설가 김풍배 님, 아울러 신앙 공동체들의 격려와 고마움을 잊을 수가 없다.

오서산 기슭에서

이재인 識之

《해동지도(海東地圖)》(18세기) 중 〈홍주목 지도〉, 서울대학교 규장각한국학연구원.

차 례

서문　4

첫사랑은 원산도에서　9
로드 애머스트호의 정체　33
살의(殺意)　53
어깨 너머로 보았다　87
바다와 여인　97
원산진에 오다　107
조선 말과 조선 글을 배우고 싶어　121
모든 책임은 내가 진다　127
삼인이 모이면 호랑이도 만들어　137
참새와 붕새　151
청나라 역관 망명의 전말　165
양산박이 용수산 살다　175
죄와 벌　187

후에 들려온 소식 1　201
후에 들려온 소식 2　203
후일담　204

참고 문헌　206
발문　208

첫사랑은 원산도에서

며칠 전부터 텔레비전 뉴스마다 원산도 해저터널이 개통되었다고 연일 톱뉴스로 보도했다. 나들이를 나선 사람들이 너도나도 질세라 마치 개미 떼처럼 서해안선 고속도로 쪽으로 몰려들었다.

오늘은 주말에다가 내일은 어린이날이다. 그리고 부처님 오신 날까지 연이어 휴일이 겹쳐 있었다. 나들이 갈 장소는 서울 근교에도 얼마든지 많았다. 하지만 원산도 여행을 고집한 것은 어머니 때문이었다.

이대리 교수는 교통체증으로 말미암아 은근히 짜증이 났다. 차 안은 봄이 무르익으며 여름 못지않게 후덥지근하다. 원산도 해저터널이 가까워지면서

도로가 주차장처럼 줄지어 거북이걸음이다. 전시장처럼 온갖 자동차들의 색깔도 주인의 성격대로 형형색색이다. 검정, 하양, 노랑, 파랑, 녹색, 은색…. 저마다의 개성 있는 색깔로 마치 1960년대 오리온 드롭프스 사탕처럼 총천연색이었다.

이 교수가 타고 있는 미국산 지프는 3,800cc 검정색이다. 마치 둠벙 속의 쌀방개처럼 날씬하고도 육중했다.

"어머니, 기분 좋으세요?"

이 교수는 실내 백미러를 통해 뒤에 앉은 염옥순 씨의 얼굴을 훑었다.

"여행에 나서면 아직도 가슴이 뛴단다. 나이는 들어가도 기분은 여전하구나…."

"오늘은 특히 아버님과 연애 시절 첫 데이트를 나섰다가 마지막 배가 떨어진 줄도 모르고 낯선 섬에서 날밤을 새우신 곳이라고 들었어요. 아~ 낯선 섬에서의 로맨스…."

며느리가 온갖 자동차들이 줄지어 선 고속도로에 지친 시어머니를 조롱하는 듯이 아부성 말을 섞었다.

"야, 여기 어디에 휴게소는 없냐? 이게 거북이 걸음마로 자동차 전시장이지 무슨 고속도로냐?"

"어머니, 조금만 가면 곧 대천에 들어서요. 대략 7킬로미터쯤 남았네요."

이 교수가 내비게이션의 도착 지점을 읽으면서 짧게 말했다. 두 시간 가까이 걸리는 거리에 휴게소가 다섯 군데나 있었건만 이 교수는 신들린 것처럼 앞만 보고 달려왔다. 그러다 보니 염 여사 입장에서는 아무리 여행이라지만 고된 훈련이나 다름없었다. 마음속에는 불만이 가득했지만 자식이라 꾹 참고 있었다.

"그럼 다 왔구먼. 워낙 느리니깐 답답하고 지루하다."

염 여사는 며느리의 조롱 섞인 '낯선 섬에서의 로맨스'란 새뜩한 말에 얼굴이 붉어졌다. 그렇게 지루한 두 시간의 피로가 싹 가시는 것만 같았다. 머릿속에 남편 이 행장(李行長)과의 추억을 아련히 떠올렸다.

벌써 40년 전 일이었다. 대학 졸업 기념으로 이 대리의 아버지 이천석은 염 여사와 함께 오천에서 원산도까지 목선(木船)을 타고 섬 여행을 갔다. 그날 마지막 배의 출항을 잊고 낯선 섬 해수욕장 근처 빈 창고에서 하룻밤을 보내게 되었다. 이천석은 그때 경영학과 졸업생으로, 은행에 취업이 확정된 여행이었다. 씩씩하고 의욕에 찬 준마처럼 젊고 이지적인 이천석이었다.

어쩌면 40년 전의 탱탱하고 서투른 남편과의 추억을 떠올리면서 오늘 그 서늘한 원산도 외출을 주장했는지도 모른다. '나이는 들어도 추억은 더욱 영롱하다.'는 백석 시인의 말처럼, 염 여사는 추억을 따라 이곳을 찾았는가 싶다.

대천읍에서 원산도까지 터널이 생겼다고 며칠 전부터 매스컴에서는 아궁이에 부채질하듯이 선전에 열을 올렸다. 요즘 농어촌은 인구 감소 여파로 폐교와 빈집이 급속도로 늘어나고 있다. 지방 정부는 자생사업으로 관광을 통한 지역 활성화 차원에서 마을 특색을 내세우며 직간접적인 홍보에 더욱 열을 올리고 있었다.

"어머니, 곧 어머니의 옛 추억이 있는 원산도예요. 아버님한테 손목을 잡힌 채 여행했던 낯선 섬에서의 추억도 바야흐로 시작되겠네요."

희지도 검지도 않은 승냥이 굴처럼 긴 터널 아가리로 링컨 지프차는 부드러운 굉음을 내며 자동차들의 대열에 합류했다. 보령시에서 원산도까지는 대략 메밀부침 석 장 정도 구울 수 있는 시간인 17분가량 거리였다.

원산도에 들어서자 염 여사는 오른쪽 뒤 창문의 스위치를 눌렀다. 유리문이 미끄러지자 시야에 일행을 반기듯이 바다에 떠 있는 섬 전경이 드러났다. 시커먼 갯벌도 뱃구레를 드러냈다. 물길이 고랑을 내는 질펀한 곳에 낡은 폐선이 처박혀 있고, 소나무 밭 중간에 문둥이가 살았다던 움막은 아직도 고전처럼 갈대 지붕으로 변신해 초라한 풍경이 고즈넉했다.

조개를 캐고 낙지를 끌어 올린 어부의 아낙네가 광천 옹암 포구로 나갔다가 어느 절 땡중을 만났다.

그 자리에서 어떤 박수가 점을 잘 본다는 땡중의 감언이설에 보리 서 말을 장만해 떠났다던 객줏집은 아주 사라지고 없었다.

  그 옛날 초가을이었다.
  머리에 기계충이 허연 사내아이들은 배꼽을 드러낸 채 대처의 배낭을 멘 남녀가 데이트하는 모습에 반색했다. 낯선 데이트족들에게 불쑥 다가가 구운 밤 몇 개를 사달라고 조르던 아이들이 사라진 섬.
  그날 이슬을 피해 들어갔던 낡은 창고에서 잠 못 이루고 날이 밝자마자 해수욕장 근처 식당으로 들어갔다. 식당 목로에서 먹던 아침밥은 필연적으로 모래를 씹는 듯했다. 지금은 그 허름했던 작은 식당들조차 주인 없이 사라지고 없었다.
  염 여사는 산 꿩이 꿔꿔꿔꿔~ 푸드득거리며 날아가는 하늘을 보면서 가슴이 뛰었다. 묵은 당집 지붕에 누군가 피노키오를 공작하여 옮겨놓은 것은 지역 발전 위원회의 장난스런 부조화 같았다.
  '아, 그렇지…. 이천석의 손이 피부에 닿을 때 전

기가 쫘~악 흘렀고, 별이 빛나는 밤 어디에선가 개도 짖었었지.' '억새풀 속에서 귀신 소리가 들린다.'면서 자신을 나사처럼 조여오던 넓디넓은 이천석과의 추억이 아련하다.

모처럼 휴일을 맞은 원산도는 마치 장날처럼 남녀노소 온갖 인종들이 들끓으며 어수선했다. 돗자리 장수, 묶은 김에 어리굴젓을 끼워 판다는 어물전, 생과일 좌판, 양파를 망태에 넣어 쌓아놓은 야적장, 봄바람에 흙을 날리는 가랑잎들이 매연과 소음에 섞여 이리저리 쇠우 쇠우 옛 추억을 향해 달려든다.

염 여사의 눈에는 해송 사이 군데군데 피어 있는 철쭉이 관광객들의 방문을 환영하며 흔들어대는 꽃 무더기로 보였다. 꽃 무더기 사이 듬성듬성한 낮은 산언덕에 황토색 입간판이 껑충한 황새다리로 곧추선 채 이렇게 씌어 있었다.

어서 오시유. 여기는 보령시 원산도예유. 선교사 귀츨라프의 복음의 씨앗이 떨어진 원산도가 여러분의 방문을 되게 환영해유.

"야, 애비야, 참 세상이…."

염 여사는 이상한 감흥에 젖어 아들에게 짧게 말끝을 흐렸다.

"왜요? 어머니…."

이 교수는 검정색 링컨 5인승 포터의 브레이크를 슬며시 밟으며 낮은 산비탈을 벗어나 주차장 숲길로 들어섰다.

눈치 빠른 이 교수는 백미러를 통해 어머니의 시선이 입간판으로 향하는 것을 보았다. 톤이 높아진 감탄사로 '참 세상이….'란 짧은 한마디를 들으면서 어머니 염 여사와 동질감을 느끼고 있었다.

요즘 세상이 숨 가쁘게 바뀜을 시시각각으로 느끼고 있던 참이다. 원산도는 그냥 '청정섬'이라면 누구나 선전용 구호쯤으로 이해할 텐데, 저렇게 어려운 고유명사를 관사(冠詞)까지 붙인 이유는 무엇인가 궁금해졌다. 하지만 세상에 궁금한 것들은 한둘이 아니었다. 궁금증을 풀어가는 것이 이 교수의 직업이 아니던가?

"애비야, 저쪽 저 언덕에 쉴만한 데가 있다. 어서

저리로 가자. 에미는 천천히 모자를 챙겨라. 높은 데 자리를 잡아야 시원하게 힐링도 되지…."

염 여사는 며느리가 일주일 전 인터넷으로 주문 구입해 준 빨간 운동화 밑창으로 황토 흙을 밟으면서 '휴우~ 휴우~' 가쁜 숨을 몰아쉬었다. 억새 숲은 거칠고 날카로워 조심스러웠다.

이곳 언덕까지는 아직 관광객들의 눈에 띄지 않았다. 다행이다 싶었다. 아직 인공적 조림이 이루어지지 않아서 숲이라 하기에는 다소 아쉬운 감이 있는 비탈길이었다. 이제 해저터널이 개통된 지 3개월이 막 지나고 있었다. 먹거리 박스에 음료수를 챙겨 든 이대리는 어머니 뒤를 따라 허우적허우적 숨소리를 내면서 산등성이로 올라섰다.

올해 66세의 어머니는 잘 단련된 몸에 등산에도 남한테 뒤지지 않는 체력을 지닌 분이다. 누구든지 저 어른이 정년퇴직한 여교수라면 입을 쩍 벌릴 것이다. 이는 은행장인 이천석 씨의 튼튼한 재력이 뒷받침되었고, 본인이 뷰티에 각별한 신경을 썼기 때문이다. 가끔은 텔레비전 채널에 출연하는 기회가 있기에 더욱 표정관리나 체력유지에 힘쓴 탓이리라.

염 여사는 해마다 4월 초 식목일을 앞두고 화사한 옷차림으로 지상파 TV에 출연하곤 했다. 나무나 식물에 대한 생리와 이를 자산화시키는 방법론을 해박하고도 논리적으로 펼쳐 보이곤 했기 때문이다. 꽤 반응이 있는 인기 교수였다.

"애비야, 저 에미 짐 좀 받아줘라. 젊은 사람이 배낭 하나 걸머지고 저렇게 빌빌거린다냐."

염 여사는 며느리에 대한 비아냥인지 또는 아들에 대한 따뜻한 연민의 정을 느끼는 것인지 혼잣소리로 궁시렁댔다.

"야~ 여기 좋다! 이 느릅나무 옆에 너도밤나무가 고맙게도 그늘을 만들어주었네. 에미에겐 안성맞춤 명당이로구나…."

염 여사는 반색하면서 손가락으로 가리켰다. 이마에 맺힌 땀을 손수건으로 살짝살짝 눌렀다. 그러면서 여기까지 단숨에 달려온 걸음을 금세 후회했다. 자신이 화장을 짙게 했던 사실을 잊고 있었다.

햇볕을 마치 썩은 생선처럼 무서워하는 며느리를 생각하고 아차 했다. '비좁은 주차장 가까이에 사람들 사이를 비집고 자리를 마련할 것인데….'

"어머니, 전 아래 공중화장실에 잠깐 갔다 올게요."

이 교수가 팩소주를 꺼내 안주도 없이 입에 털어 넣었다. 그러곤 이마를 찡그리며 소피가 급한 표정을 지었다. 하긴 수원에서 두 시간을 달려왔으니 오래 참았구나 싶다.

"무슨 공중화장실엘…. 아, 여기 가까운데 돌아서서 해송 잔솔 뿌리에다 천연 비료를 주면 되지. 그것도 나무에게 보시하는 거야. 숲 가꾸는 데는 천연 비료가 최곤데…."

"어머님도 참, 누가 보면 비도덕적이라고 인터넷에 올려요. 학생들한테 파렴치한 대학교수라는 약점이 늘 파리 떼처럼 따라다니잖아요."

"아, 이 산꼭대기에서 보긴 누가 본다고 그랴. 야생에 오면 야생과 어울려 사는 것이, 그게 바로 자연인 거지."

염 여사는 아들을 보며 애잔한 마음이 들었다. 남편 이천석은 술을 좋아했다. 오늘도 오랜 친구들과 골프 모임 후에 어버이날 술잔치를 벌일 것이 분명하다고 여기며 혀를 찼다.

하나뿐인 아들이 나흘 후에 하와이에 있는 자매대학으로 공로 연수차 떠나게 되어 있다. 가족 송별 모임을 갖자고 제안한 것은 염 여사다. 남편은 짜인 스케줄에 선약을 핑계로 일찍 친구와 함께 필드로 나간다고 했다. 야속했다. 옛 사연을 생각해서 터널 개통으로 쉽게 갈 수 있게 됐다는 원산도를 여행지로 정했다. 그런데 그는 과거의 애정 어린 사건도 까맣게 잊고 자신의 이득만을 취해서 무관심한 듯이 골프장으로 간 것이다.

이 교수가 허겁지겁 비탈길로 내려갔다. 아들도 남편 이천석 씨를 닮아 애주가였다. 술이 들어가면 장에서 제대로 소화가 안 되는지, 술을 마신 날은 부쩍 화장실 출입도 잦았다. 그런데도 술을 즐겨 마시곤 했다. 며느리는 방관인지 체념인지 아들의 건강에 별로 신경을 안 쓰는 눈치였다.

"요즘도 애비 늘 술 마시고 집에 늦게 들어오지? 미국 가면 외로움에 젖어 더 퍼마실 텐데 걱정이다."

염 여사는 아들이 미국의 교수 연구실에서 퇴근하고 허전한 기숙사에 혼자 있는 모습을 상상했다. 당연히 술로써 고독한 마음을 달랠 거라 생각하며 속이 답답해졌다.

이 교수도 어머니와 같은 전공이었다. 식물 및 임업(林業) 육종(育種)으로, 이 방면에 드문 학위를 받았다. 어머니 대를 이어 자신이 2대째 임업과 나무, 식물을 연구한다는 자부심도 강했다.

그러나 아들에게는 언제나 술이 문제였다. 술을 마시면 이따금 고주망태가 되어 횡설수설했다. 나이 40이 넘도록 며느리가 딸만 덜렁 낳고 손자를 생산하지 못해서 그럴 거라는 생각도 들었다. 염 여사는 며느리 몰래 속으로만 애를 태우곤 했다. 담배 끊는 촉진제는 있다는데, 술 끊는 촉진제가 없다면 의학기술에 문제가 있는 것 같았다.

원산도는 점심시간 가까이 되자 주차장은 물론

해안가, 해수욕장, 폐교 마당에도 먼지와 인파로 북적거렸다. 좁은 땅에 앉을 자리도 만만치 않았다. 주차장 부근부터 길가와 난전과 야외 빈터까지 장사꾼이 줄지어 멍석을 펼쳤다. 초조한 끝에 가까스로 찾아낸 명당조차 염 여사의 세밀한 관찰력이 작용을 했다.

며느리 원숙자는 비닐 돗자리를 펴고 김밥, 과일, 만두 등을 준비한 야외용 용기에 옮겨 담았다. 염 여사는 공중화장실에 내려갔던 아들이 큰것을 배설하는 것 같은 직감이 들었다. 준비해 갖고 온 미루나무 젓가락의 비닐을 벗기곤 저쪽 청색 지붕 하얀 벽 화장실 쪽으로 줄곧 시선을 보냈다. 화장실에 갈 때마다 염 여사는 며느리에게 장(腸)에 좋은 생약을 먹어야 한다는 말을 할 수 없어 입속에서만 뱅뱅 맴돌았다. 자기 새끼만 챙긴다는 말이 며느리에게 가시가 될지도 모른다고 생각했다.

염 여사는 자신의 짐 속에서 야외용 양산을 꺼내 들었다. 봄바람이 원산도 해면을 쓸고 지나가며 양산 끝을 흔들었다. 봄답게 하늘은 화창했다. 며느리에게 시선을 돌리며 한마디 건넸다.

"애야, 이 너도밤나무가 우리를 위해 멀리서 예까지 시집을 왔구나. 나무는 발이 없는데도 안목 있는 사람이 끌어들여서 여기까지 와서 뿌리를 잘 내렸구나."

너도밤나무는 수령이 30년, 4~5미터 높이로 훌쩍 자랐는데 잎잎마다 윤기가 자르르 번쩍거렸다. 청정한 하얀 꽃이 피면 군계일학이라는 듯이 향기도 어느 꽃보다 강렬했다.

"어머님, 이 너도밤나무가 실제로 토종인가요?"

며느리가 눈빛을 반짝이며 물었다.

"이 나무는 귀물이다. 울릉도 성인봉이 자생지인 고유 토종으로서 천연기념물로 등록된 지가 꽤 오래됐어."

염 여사는 들뜬 마음으로 설명하면서 금테 안경을 콧잔등으로 밀어 올렸다. 독일제 선글라스를 걸치고 싶었는데 며느리가 검은 색안경을 걸쳤으므로, 불편했지만 햇볕 속에서도 그냥 평소의 금테 안경을 착용하고 있었다.

누가 언제 보아도 염 여사는 아주 이지적 인상으로 보였다. 농과대학 임업 교수로서 지난해 만 65세 정년 퇴임을 했다. 하지만 그녀는 학계에서 드문 여섯 개의 특허 등록증을 보유하고 있다. 그는 여성답게 상냥하고 말씨조차 낮았다. 수영과 등산으로 단련한 날씬한 체구에 할머니답잖게 조신하게 보였다.

원산도 파리 떼가 잔칫날을 만났다는 듯이 여기저기에서 앵앵거렸다. 음식 냄새가 참을 수 없다는 듯 이쪽저쪽에서 돗자리 위로 몰려들었다. 염 여사는 두 발을 비비며 달려드는 파리 떼가 성가신 듯 쥘부채로 사방을 이리저리 내저었다.

그러면서도 시어머니의 해박한 너도밤나무 이야기에 귀를 기울였다. 나무도 그렇지만 시어머니의 나무에 대한 강의는 생김새대로 흡입력도 꽤 있었다.

"너도밤나무를 일본에서는 보통 '부사'라고 하지. 하지만 나이 지긋한 학자들은 '조선부나'(조선 너도밤나무)라고 해. 일본의 너도밤나무는 우리나라에서 건너간 나무라는 것을 우리는 알아야 해. 그게 나무 주권이랄까? 덴마크에서는 나라목[國種木]으로 지정됐어. 키가 크고 잎도 무성하고 향기가 유일무이한 게 그 대우하는 까닭이라는 것이지. 우리 국민들이 우리의 것을 알아야 하는데…. 이 나무 밑에 돗자리 깔고 오늘 맛있는 음식을 먹게 된 것도 모두 다 아름다운 하나님 은혜다."

"정말, 어머님 명강의 듣고 보니 저 나무가 더욱 귀하다는 생각이 들어요. 그래서 그런가요. 이 분위기가 로맨틱하게 느껴져요. 호호호호…."

원숙자는 분위기를 돋우는 데는 일가견이 있었다. 레저스포츠학과 출신으로 국내 이름 있는 치어걸 경력 소유자로, 이 교수가 반해서 청혼한 여자다. 세 식구는 주거니 권하느니 했다. 이윽고 아들은 일어섰다. 돌아서서 언덕을 향하여 두 다리를 벌리고 해송 무더기에 천연 거름을 배설하고 있었다. 염 여사는 볼일을 끝낸 아들에게 손짓하여 그를 불렀다.

"애비야~."

"예, 어머니!"

"아들아, 저 아래 난장에서 저 이상한 감자가 있다는 팻말을 보았더냐?"

"무슨 팻말을?"

"아, 원산도 200년, 토종 감자라고 써놓은 팻말 있던데, 그 감자튀김 옆에 귀출램프라던가? 귀찰란프가 준 감자 씨라고 했던데…. 각설이 타령하던 엿장수 옆에 그 감자로 만든 튀김 난전이 있었어. 얼른 내려가서 좀 사 와봐라. 우리가 맛을 보고, 맛이 좋으면 큰집에도 선물 좀 하고, 우리도 귀한 것 챙겨 가면 좋잖겠어? 아버님께 진상도 하고…."

담배를 빼 문 이 교수는 산불 감시자가 있는가 싶어 주변을 살피곤 얼른 라이터를 켜서 담배에 불을 붙였다. 그러곤 감자튀김을 파는 노파한테 허뚱허뚱 취한 모습으로 다가갔다. 감자 파는 노파는 올해 아흔둘이나 되신 할머니다. 그는 원산도에서 낳고 자랐다고 했다. 그리고 여기 원산도 남자를 만나 결혼을 했단다. 원산도 옛 어른들의 이야기를 듣고 자랐다고도 했다. 이 감자는 190년 전 서양 사람 귀츨라프가 원산도에 전해줘서 '복을 주는 감자'라고 소개했다. 그분은 명예 권사로서 귀즐라프 기념회에서 홍보하기 위해 장마당에 나왔다고 했다.

노인이 설명한 귀즐라프 감자 이야기를 요약하면 다음과 같다.

노인이 속옷에 달린 주머니에서 꺼낸 16절지에 기록된 용지는 푸른 바다색에 붉은 글씨로 고딕체와 사체(斜體)를 섞은 광고성 감자 사진이었다.

> 최고의 맛, 서해 바다 바람을 먹고 자란 신령스럽고 아름다운 원산도 토종으로 자부심이 샘솟는 감자는 족보가 있습니다. 지금 여러분이 잡수시는 감자는 호적도 없고 전해준 사람도 모르지만, 원산도 감자는 확실하고 또 진실한 호적을 지녔는데 지금으로부터 190년의 역사를 지녀왔습니다.
> 여기에는 원산도 주민들의 애틋한 정과 뜨거운 향토 사랑, 해변의 낭만이 황토 흙과 짙푸른 바다가, 하늘의 별이 스민 스타 감자입니다.
> 19세기 초 조선 해역을 찾아, 영국 상선 로드

애머스트호를 타고 온 '귀츨라프'라는 선교사가 1832년(순조32년), 원산도에 와서 전해주었기에 그 의의를 되새기고 특화시킨 원산도 특산물인데, 이 비밀의 역사가 2024년 어버이날에 장수하시라고, 튀김 감자를 판 수익금 전액을 모두 우리 이웃들에게 기부하는 것입니다.

많이 먹고, 자시고, '원산도' 하면 감자와 복음을 전해준 '귀츨라프'를 생각하며 많은 사람에게 우리 모두 영원한 생명인 하나님을 전도합시다.

낯설고 물설은 홍주목 원산도는 지금 보령시로서, 이제 해저터널로 씽씽 달려오고 쌩쌩하게 가십시다.

     원산도 귀츨라프 선양 위원회 일동

염 여사는 아들을 시켜 몽땅 사서 사촌들에게까지도 골고루 선물했다고 일기장에 적었다. 귀츨라프. 그가 다녀간 고대도와 녹도를 내년에도 꼭 가보고 싶다는 바람도 적었다. 염 여사 귓가에는 장마당에서 엿장수 가위 소리에 얹혀 들렸던 원산도 아리랑이 뱅뱅 맴돌았다.

    왔구나 원산진 갯고랑에 엿장수 왔구려
    에헤야 왔구나 귀츨이도 왔구나 에헤야
    서양신 안고서 왔다는데 엿장수 에헤야
    아리랑 아리랑 가질마오 발병도 난다네
    인생에 구원도 사해동포 아리랑 에헤야

로드 애머스트호의 정체

서기 1823년(순조 32) 7월 5일 아침, 영국 상선 로드 애머스트호는 청나라 산동성을 거쳐 자태를 뽐내듯이 당당한 모습으로 조선 해역으로 들어섰다. 보슬비가 내리고 있었다.

선원 중에는 하늘의 별자리와 바람의 풍향을 읽고 일기를 알아보는 기상관측관이 있었다. 그가 전하는 일기예보는 태풍이 한반도를 통과할 가능성이 있다고 했다. 그의 일기예보는 열에 여덟 번은 적중했다.

함장은 기상관측관의 예보에 큰 신경을 쓰지 않고 항해를 계속했다. 이 배는 남태평양과 대서양의 아주 거센 풍랑도 헤치고 무사히 귀환한 경력도 지녔다고 함장 린지는 그의 일기에 자랑스럽게 기술한 바 있다. 당대로서는 최고의 시설과 현대화로 무장한 이양선이었다. 이는 상선으로 위장을 했지만 실제는 함선이었다. 주요 목적은 숨겨져 있었다.

조선 항구가 장차 영국 상인들에게 점진적으로 개방될 수 있는가 하는 탐색이었다. 그리고 영국과 통상 관계를 맺는데 지리적, 환경적으로 어디가 적합한지 그 효율성을 파악하고, 주민들과 지방 수령들과 중앙 정부의 지방 관리가 영국과의 무역에 대해 얼마나 우호적 태도를 보이는가를 알아내기 위한 것이기도 했다. 요즘 말로 종합하면 간첩선이기도 했던 거다.

배의 함장이면서 상무관인 린지는 동아시아 지역에서, 영국 모직물의 판매 시장 개척과 지리적 유불리를 탐색하는 목적도 지니고 있었다. 항해사, 기관사, 통역사, 기상관측사, 제1과장, 제2과장, 제3과장, 화사(畫師), 기지사(記識師), 노무자, 시종 등 각종 직제에 따른 각각의 임무가 조직적으로 제도화된 상선으로 위장한 함선이었다.

조선 입장에서 보면 대포 2문, 중포 2문, 소포 2문 등 각종 병장기로 중무장한 함선이다. 산동성 중문진에서 완전 무장을 한 70여 명이 승선했다. 이 상선의 의사이면서 통역사이고 선목(船牧)인 귀츨라프에게는 대외 교섭의 창구 역할을 하는 중요한 직무가 주어져 있었다. 이 외에 선목으로서 선원들의 건강 유무를 살피며 치료도 병행했다. 또한 로드 애머스트호가 머무는 기항지마다 주민들에게 선교 문서와 교리 안내서를 배부했다. 비기독교인들에게 전도하는 자원봉사 일도 했다. 자발적인 사명을 지닌 전도자였으며 선교사였다.

70여 명의 선원 가운데 귀츨라프처럼 조선은 물론 동양 역사를 섭렵한 지식인은 없었다. 귀츨라프는 동양 여러 국가의 문자, 경제, 사회, 민속, 관직의 직제에 이르기까지 각국 서적을 통달했다. 그는 말하자면 탁월한 당대 지식인이었다. 하지만 귀츨라프에게는 배 안에서 걸림돌이 되는 사람이 있었다. 선목으로서 책임감과 정의감 때문에 린지 함장과 시비가 생길 때가 종종 있었다.

귀츨라프는 '고난이 내게 유익이다.'*라는 구약 성서의 가르침대로 살며 사람들을 대하려고 무던히 노력했다. 일에는 반드시 옳고 그름이 존재한다. 세상 만물은 반드시 밝음과 어둠이 함께 존재한다. 이를 구별하면서 밝은 데로 향하는 것이 진실이다. 진실이 복음이고 복음이 곧 구원이다. 우리 인간은 오직 진실만으로 인생을 채울 수는 없다. 그래서 그 여백을 신앙으로 채우는 일이 바로 인간이 나아가야 할 길이라고 귀츨라프는 굳게 믿고 있었다. 이런 생각을 기본으로 삼아 임무를 실천하며 선원들을 보살피고 기도하며 전도에 힘썼다.

그는 크리스천으로서 자세를 흐트러지지 않도록 경건함과 참회로 살아가는 젊은 청년이다. 그는 자신의 소명을 실천하는 것이 선교회에서 자기에게 부여한 무기라고 생각하고 있었다.

귀츨라프가 바라보고 있던 보슬비가 어느새 사나운 소나기로 변하며 뱃전을 내리쳤다. 귀츨라프

● 이집트 지역에는 메뚜기 떼가 창궐하여 식량난 등의 문제가 있었다.

는 해창 너머로 심상찮은 듯한 검푸른 파도를 내려다보고 있었다.

아무래도 기상 관측관이 예보한 바도 있었지만, 남서쪽에서 불어닥치는 빗발과 하늘의 낮은 먹구름이 태풍을 몰고 오는 것 같았다. 귀츨라프는 쌍안경을 들고 웅-웅-우-웅-웅 괴성을 지르는 바다를 바라보았다. 이는 귀츨라프 혼자만의 느낌이 아니었다. 벌써 선내에는 선원들이 긴장감으로 어수선한 느낌이 고조되어가고 있었다.

이처럼 무시무시한 서해안 바다의 괴성은 처음이었다. 저기압에서 태풍으로 변하며 남서풍을 타고 바다를 거쳐오며 형언할 수 없는 물보라를 튕겨 올렸다. 배의 흔들림과 산더미 같은 파도가 배의 옆구리를 내리치기 시작했다.

선방위 12도가 홱홱 돌면서 도르래 철삿줄이 금방 끊어질 듯 요란한 소리를 냈다. 이제, 이러다가 조선 앞바다에 수장되는가 싶었다. 애머스트호는 여기에서 항진을 멈추고 닻을 내려도 파도에 빙빙 돌면서 그만 좌초될 것만 같았다. 중앙 기둥에 닻줄을 잡아맨 쇠사슬이 바람에 쇳소리를 내며 비명을 지르는 것 같아 우울함과 함께 마음이 조마조마 쪼그라들었다.

시야 저쪽에는 갓 결혼한 아내의 환영이 나타났다. '어서 구명조끼를 입으세요. 마음을 단단히 먹고 기도하세요. 기적은 반드시 있습니다. 부디 몸조심하세요.' 귀츨라프는 비통한 표정을 지으며 주갑판으로 올라갔다. 시키지도 않은 기적 줄을 서둘러 당겼다.

뿌웅 – 뿌웅 – 뿌웅 기적 소리에 놀란 기상관이 갑판 위로 올라왔다. 그는 나이가 서른여섯밖에 안 되었다. 그러나 조선 해역은 표면수보다 하층수의 이동이 빠르고 어느 지역은 밀물 때 소용돌이가 얼마나 센가를 알았다. 자칫하면 조선 바다의 북쪽에는 닻이 끌리기 쉽고, 어느 해역에 가면 암초가 조개무덤처럼 줄지어 있다는 것까지 훤히 알고 있었다. 그가 귀츨라프 옆으로 다가왔다.

"이대로 가다가는 큰일입니다. 항명 같지만, 배를 멈추고 폭풍이 가라앉을 때까지 피하는 게 상책

입니다. 이렇게 항진하다 보면 선원 모두가 내장이 뒤집힐 멀미에 시달리는데…."

　기상관은 혼잣소리로 말했지만 귀츨라프에게는 저승사자의 음성처럼 괴이하게도 소름이 끼쳤다. 얼른 손목에 찬 시계를 보았다. 이제 산둥반도를 지나 조선 해역에 들어선 것이었다. 이때 상무관이면서 함장인 린지가 자신을 호출한다는 연락병의 쪽지를 받았다.

　　급히 함장 앞으로 출동 요함

　귀츨라프는 긴장하면서 선원 가운데 괴질 환자인 인도인 깐슈의 사망자 시신 처리 때문일 것으로 예측하면서 함장실로 올라갔다. 그는 노크 대신 유리문 앞에서 마른 헛기침을 쿨럭쿨럭쿨럭 연속으로 뱉어냈다.

　드르륵 밀창이 가볍게 열리자, 안에서 비서인 벨기에 출신 파록이 턱짓으로 함장에게 다가서라는 신호를 보냈다. 게는 가재 편이라는 속담대로 파릌도 시건방진 데가 있었다. 자기가 마치 함장 대리인처럼 굴었다.

라이터 돌만큼 땅딸한 체구로 네모진 얼굴엔 드문드문 칼자국이 패었다. 마치 폭력배 훈장처럼 보이는 자체도 메스꺼웠다. 감은 듯 졸린 듯, 일자로 째진 눈가엔 상대방을 조롱하는 듯한 시선을 지닌 자다. 말이 비서였지, 일종의 '경호원'으로 보는 것이 적절한 용어인 것 같다.

"어서 와. 귀츨라프, 방금 죽었다고 보고한 인도 노무자 깐슈가 몇 살이랬지?"

"예, 기록상으론 올해로 열일곱 살입니다."

"그자, 깐슈 신분이 불량자였다지?"

"예, 그렇다고 기록된 것으로 파악되고 있습니다만…, 그런데요?"

"그놈 시신을 입관했다지?"

"예, 운명하자마자 곧바로…."

함장 린지는 뜸을 들이다가 귀츨라프의 얼굴을 다시 훑어보았다.

"내 명령인데, 우리 배는 지금 얼마 가지 않으면

동을비도(冬乙飛島)야. 조선 땅 가까이 닿았지? 아주 가까이 와 있는 거지?"

"동을비도요? 동을비도는 모르는 지명이고, 곧 사읍시도(沙邑時島) 앞에 도착한다는 항해사의 유선방송을 들었습니다만…, 그런데요?"

"사읍시도에 가기 전에 깐슈의 시신을 이 바다에 버리면 좋을 것 같아서…."

"시신을 유기(遺棄)하란 말인가요?"

"괴질이 유행하면 선원 모두가 떼죽음이니 귀츨라프 자네만이라도 이해를 해주게."

"그렇다면 수장하란 말인데, 저는 의사로서 양심상 그것은 할 수 없는 일이라서 좀…."

"그것은 자네 입장이고, 내 처지로서는 사읍시도에 내리려면 종선(보트)을 내려야 하는 번거로움도 있지만, 또 현지 주민들의 반발도 두렵고, 우리 선원들도 알면 반란도 있을 수 있으니 귀츨라프 자네의 서명으로 사망 진단 사유에 '급성 전염병 괴질 화급'이란 단서를 붙이자고."

"…."

로드 애머스트호의 정체

"왜? 안 되겠어?"

"글쎄요. 그것은 인간적으로 보나, 의학적으로 보나, '너는 흙이니 흙으로 돌아가라'는 하나님의 법으로 보아도 모두가 옳지 않은 것 같아서요."

"그것은 이론이고, 현실은 차원이 다른 현상으로서 이 배의 주인은 나이고, 내가 통솔하는 상무관인데, 내 입장에서 자네가 눈 한번 꼭 감고 내 요구대로 응해주면 안 되겠나?"

"글쎄요. 그것은 윤리적으로 인간에 대한 배신행위이기에, 의사인 저로서는 모르는 것으로 하겠습니다."

"눈을 감겠다…? 그럼 좋아, 내가 책임지고 사읍시도 도착 전에 처리하겠네."

귀츨라프는 함장이 있는 상무관실 문을 밀고 나왔다. 아득한 현기증을 느끼고, 눈앞에 보이는 중앙 돛대 기둥을 두 손으로 부둥켜안았다.

주님, 저는 지금 사탄에 속아 시신을 바다에 유기시키는, 인간 윤리를 저버리게 되었습니다.

저에게 용기가 부족함을 통회하오니 이런 기회가 오면 앞으로는 톱날로 나무 장작 썰어내듯 싹~ 자르게 하소서. 저의 약함과 거짓에 눈을 감게 하심에 주님 용서하소서. 우리를 구원하여 주신 예수 그리스도의 이름으로 여호와 하나님께 기도 하나이다. 아멘~.

귀츨라프가 기도하고 눈물 젖은 시선으로 2층 복도를 지나는데 눈앞에 누군가 방(謗)을 써서 붙여 놓았다. 누런 종이에 검정 글씨였다.

1. 우리는 몽금포 해안으로 향하는 함장의 의도에 반대한다. 그곳은 지금 청나라 전염병이 옮겨졌다고 한다. 2년 전부터 외국 상선이나 함정 출입을 엄단하기에 몽금포를 향하는 배를 되돌리기를 촉구한다.
2. 몽금포 바닷속의 높낮이가 심하고 암초가 많아 야간 통행이 불가하다.
3. 장마와 태풍 속에 북쪽으로 항진하면 자살

행위나 마찬가지다. 재고하기를 바란다. 이런 항해는 즉각 중단하기를 희망한다.

안전 항해를 기원하는 선원 일동

귀츨라프는 선원들의 안전한 항해를 위해서 무리한 일정과 야간 출항, 그리고 조선 당국의 전염병 창궐을 낱낱이 제기함이 마음에 와닿았다. 귀츨라프의 생각과 일치했지만, 모든 선원이 출항을 거부하리라는 느낌에는 부족함이 있었다.

믿음이 부족한 사람들은 돌림병인 괴질을 동양 귀신인 여귀(厲鬼)의 장난으로 몰아갔다. 하긴 선과 악은 동전의 양면 같은 것, 선의 뒤편에는 악이 존재하고 있다. 그것은 쉽게 말하면 빛과 어둠이 상존하는 것이란 존재의 현상이라고 생각을 했다.

린지 함장은 금이 있어 그 금 방석에서 아름다운 인생, 그리고 달콤한 삶을 어서 남기고 싶은 욕망에 사로잡혀 있었다. 빨리 이 무적의 애머스트호를 출항시켜서 독일, 프랑스, 네덜란드, 스페인 등의 허를 찌르는 황해도 몽금포로 향하고 싶었다.

거센 태풍의 예보가 있었고, 조선은 지금 여름 장마가 한창이라 일기도 좋지 않다. 그런데도 함장은 선원들의 반대에도 불구하고 배를 야간 출항을 했다가, 태풍 속에서 베드로와 린지 함장의 출항에 대한 의견 대립으로 배 안이 어수선했다.

"함장, 당신은 당신 혼자 살겠다고 투지에 우리의 생명을 이렇게 무시하고 북으로, 그것도 야밤에 암초투성이인 몽금포에 금이 나온다는 소문만 믿고, 근거도 없이 무리한 출항을 하는 것은 아주 위험하다는 경고를 하니 재고해주시오."

매우 위험하다고 느낀 베드로는 흥분하여 함장에게 달려들 태세였다.

"베드로의 의견도 있지만, 이는 함장인 나의 임무야. 내가 부여하는 의무를 거부하려면 당장 배에서 바다로 뛰어내려. 베드로, 자네는 우리 편이야. 아님 반대하는 노무자들 편인 거야?"

"편? 나는 그런 걸 모릅니다. 다만 옳은 일만 하고자 하고, 우리 모두의 안전과 생명을 위한 생각뿐이오. 그러니 야간 출항을 중지하고 여기 공충도 조선 앞바다에서 밤을 지새우고 내일 날이 밝으면 몽금포로 가야 한다는 게 내 주장이요."

"베드로는 갖가지 이유가 많고 불평도 많군. 그런 사람을 레지스탕스라고 부르지. 그러나 여기서는 내가 함장이고 상무관이니 날 믿고 따라야 할 거야."

"믿게 해야 따르는 거요. 모든 걸 혼자 제멋대로 하지 말고 투명하게 하면 난 상무관을 따를 것이니깐."

베드로는 함장을 따르는 데에는 '투명'이라는 단서를 붙여주었다.

귀츨라프는 흔들리는 함장실로 비틀거리며 들어섰다. 아까 만났던 상무관실 옆이었다. 정장 옷차림에 금테 하얀 모자를 쓰고 웃고 있는 함장 린지 사진이 중심 기둥에 걸려 있었다.

"무엇 때문에 또 왔어? 배를 타다 보면 이따위 파도나 태풍은 대수가 아냐. 겁먹지 마. 나는 배를 탄 짬밥이 꽤 오래되었어. 괜히 우리 계획에 방해할 생각을 말아."

귀즐라프는 린지 함장의 태연한 태도에 고개를 갸웃거렸다. '나쁜 새끼….' 자신도 모르게 목구멍까지 욕이 올라왔다.

"자, 보라고. 여기 이 여자 어때? 우리가 목적을 달성한 후에 이런 미인 하나 붙여줄 테니 잘 적응하게나."

마른 안개꽃이 꽂힌 화병을 치우자 벌거벗은 나체의 여인이 풍만한 젖가슴을 내놓고 웃고 있었다. 나체 사진 밑에는 이렇게 쓰여 있었다.

"우리의 마돈나, 어디에 있는가? 보고 싶은 천사여."

'자식, 위 글귀를 치우던가, 가족사진을 떼 내든지 할 일이지, 이게 무슨 짓이야.' 뱃놈이란 예부터 속물이라는 말이 뇌리에 퍼뜩 떠올랐다. 나체 사진 밑에 그의 가족들이 왠지 슬퍼 보였다.

'계획에 방해하지 말라….'

귀즐라프는 쓴웃음으로 비틀비틀 걸어 나오면서, 정리과장이 손짓하면서 귓속말로 했던 중앙 적치장으로 발길을 옮겼다. 비는 아직도 태풍을 동반하고 거기에는 인화물질과 함께 마초(麻草)가 여러 둥치로 쌓여 있는데 파도에 그만 쓸려나갈 것 같다고 했다. 귀츨라프는 정리과장의 말을 귓등으로 흘려들었지만, 마음속으로는 꽤 신경이 쓰였다. 마초와 인화성 위험물질이 실려 있다는 것은 규칙상 안 되는 일이었다. 이를 눈감아준 A번 설비과장을 주시해야 할 것 같았다.

아니나 다를까, 배를 집어삼킬 듯한 심한 바람과 천둥번개를 동반한 빗줄기 속에서 선체가 10도 우현으로 기우뚱 기울어졌다. 그 바람에 중앙 적치장의 화물 더미가 우르르 쿵쿵 쏟아져 흩어지며 바닷물에 둥둥 떠돌았다. 이를 바라보는 선원들은 혀를 차면서도 하중을 견디기 힘든 찰나에 안전을 위해 잘된 일이라고 속으로만 웃었다.

"야! 갑판 위에 짐짝들이 바다에 수장되었잖아! 이 새끼들 잘 잡아매고 비바람에 조심하라고 염불하듯 했더니만…! 개 상놈의 새끼들!"

함장 린지는 성난 사자처럼 울부짖었다. 그러나

소 잃고 외양간 고치는 격이었다.

    배는 거센 파도에 곤두박질치면서 뒤집힐 것만 같았다. 꽈당, 꽈다당, 꽈당, 꽈다당 소리와 함께 선원들이 중앙 기둥을 붙잡고 머리를 처박았다. 그 바람에 회전나침반이 박살이 났다.

    "조심하라! 조심해!"

    기관장이 타륜을 움켜쥔 채 소리쳤다. 선원들 몇이 선교 위로 올라와 바다로 뛰어내릴 태세였다. 웅성웅성 노란색 조끼를 입은 채 머리끝을 곤추세우면서 두 손을 모았다. 불신자들도 절망 앞에서는 누군가 절대자에게 기도하는 모습이었다.

    숨 막히는 순간에도 함장 린지는 모든 것을 운명에 맡긴다는 모습이었다. 귀츨라프는 기도하면서 긴장을 풀었지만, 등줄기는 식은땀으로 흥건히 젖어 있었다.

살의(殺意)

백령도 앞바다의 파고는 애머스트호로서는 견딜 수 있는 풍랑이었다. 바닷길의 '거칠고 흉흉하다'는 표현은 파도의 높이가 최고조로 높음을 지칭한다. 태평양이나 인도양 바다의 풍랑은 세기에 남을 만한 배들조차 견디지 못해 힘없이 난파되었고, 앞으로도 오랜 기간 험한 항로로 남게 될 것이다. 그러므로 항해사라는 직업은 일종의 혁명이 없는 한 극한 직업이자 기피 직업이었다.

19세기 동서양 바다를 누비고 있는 애머스트호의 항해사는 누가 봐도 제1급이다. 별 개수로 치면 세 개다. 쓰리스타라 할 수 있다. 이 애머스트호 항해사는 올해 서른을 갓 넘은 나이로, 중견 항해사라

할 수 있다.

이름은 베드로. 로마계 유민으로서 상해 항해사 기술전수학교 출신이다. 검은 피부에 풀어지기 전의 라면처럼 꼬실꼬실한 머리에, 얼굴은 팽이처럼 하관이 아래로 처져 있다. 키가 크고 단단한 체구를 드러내는 건강한 사내였다. 어두운 거리의 주먹잡이처럼 보이는 인상이지만, 그는 크리스천으로서 신실한 사람이었다.

대체로 항해사들은 유랑객 기질을 품고 있는데, 베드로는 올곧은 경건주의자였다. 이기적이고 이윤 추구만을 주장하는 천방지축의 린지 함장과는 바둑판의 흑과 백처럼 확연한 색채로 대비가 되는 인물이다.

귀츨라프는 선교 목적으로 기항지에 배가 닻을 내리면, 베드로와 함께 육지로 나가 전도지를 나누어주곤 했다. 또 그는 통역자로서 지역 주민 모습을 화폭에 스케치하곤 하였다. 애머스트호에는 영국 제1미술학교 출신 화원(畵員)이 승선해 있어 가능한 일이다.

19세기 영국 상선에는 약방의 감초처럼 반드시 화원이 승선했다. 특히 탐사선이나 정보 수집차 출항하는 배에는 밥상 위에 숟가락처럼 화원은 필수였다.

  귀츨라프는 괴질로 사망한 인도인 시체를 백령도 앞바다에 유기하고, 자신의 고유 직무를 침해당한 찝찝한 기분으로 어둠이 점점 짙어오는 흥아음도(興兒音島)를 바라보고 있었다. 흥아음도가 어느 섬이냐고 묻자, 항해사 베드로는 고대도(古代島)로 안다고 했다. "그러면 저기 보이는 섬이 고대도인가?" 하고 물었더니 횡설수설, 자신 없는 듯이 말끝을 흐렸다. 항해사도 어두운 밤바다와 안개비 속에서, 지금 통과하고 있는 지점이 문자 그대로 어림짐작 직감이라고 했다.

  귀츨라프가 울적한 기분에 젖어 있는데 예고 없이 베드로가 의료실로 들어섰다. 의료실은 선원 모두가 출입을 꺼리는 금기지역이다. 괴질, 종기, 댕기열 환자의 출입이 잦았으므로, 당연히 병균을 옮기는 원천이 의무실이 될 수 있기 때문이다. 그러므로

살의(殺意)

항상 청결이 주 관심사였다. 이런 까닭에 선원들의 출입도 가능한 삼가고 있었다.

귀즐라프는 항해일지를 기록하다가 노트 사이에 연필을 끼우고 덮었다. 그리고 베드로를 향해 환하게 웃어주며 맞이했다. 베드로는 왼손 새끼손가락을 안팎으로 구부리면서 귀즐라프에게 감기약을 달라고 했다. 늘 새끼손가락을 구부렸다 폈다 하며 약을 타 가는 것이 그의 습관이었다.

선원들에게 감기약인 겡그랩은 승선 인원에게 배급되는 양이 아주 제한적인 약이다. 약값도 약값이지만 현지 접근 지역 마을 주민들에게 선교용으로 배급될 상비약이기도 하다. 하지만 귀즐라프에게는 그만큼의 여분도 확보되어 있었다.

베드로는 선원 모두가 안전하려면 항해사 자신이야말로 안전을 지켜주는 유일무이한 존재라고 너스레를 떨었다. 마치 예방약을 얻어 가는 것이 그냥 가져가는 것이 아니란 듯 그는 밉지 않은 유머로 위기 속 사람들의 마음을 여유롭게 했다.

예를 들면 주방에 가서 부식이 고루 먹고 싶을

때가 되면,

"어~ 오늘은 내가 귀 빠진 지 17년 차 시작되는 역사적인 날인뎁쇼…."

"귀빠진 날? 귀빠진 날이라…."

주방장은 베드로가 자신이 어머니 뱃속에서 밀고 나온 날임을 은유적으로 표현하는 남다른 표현력의 소유자라는 것을 알고, 음식을 내주면서도 밉지 않게 대했다. 아무튼 그는 희극적 인물이다. 경직된 사회, 제도적 억압이 극대화될 때 유머는 일종의 산소작용도 한다.

베드로는 감기약을 받아 들고 싱겁게 거수경례를 했다. 그러곤 의무실에 걸린 함장 사진에 대고 주먹으로 쥐어박는 시늉을 했다. 이어 '굿나잇' 하곤 가볍게 인사를 했다. 돌아섰던 베드로는 무슨 말인가를 귀츨라프에게 할 듯 말 듯 다시 주변을 살폈다. 귀츨라프가 말문을 열었다.

"뭐, 내게 할 말이 있어?"

그는 머리를 좌우로 흔들면서 주변을 두리번거렸다. 그러곤 재빠른 동작으로 오른손 검지를 입가로 가져갔다. 누가 들을세라 경계하는 눈빛이 완연했다. 귀즐라프는 긴장했다. 무슨 큰일이 닥칠 것 같은 불길한 예감이 명치 끝을 스치고 지났다. 이때였다. 배가 엎어질 듯 휘청 휘청하자 귀즐라프는 다급해졌다. 그런데 베드로가 난데없이,

"사람은 이빨이 빠지면 잇몸으로 밥을 먹지?"

아주 조용한 질문을 했다.

"그렇지. 그건 어쩔 수 없는 현실이지…."

베드로는 작지만 강한 어조로 힘을 주었다.

"그렇지. 그게 옳은 순리라고 보는데 왜~, 이빨이 빠지기 전에 잇몸 보호라는 말이 있지?"

"무슨 말이야? 꽈배기처럼 꼬지 말고 제대로 말해."

베드로는 다시 경계하는 듯 시선이 출입문 쪽으로 향했다. 그리고 무겁게 작은 소리로 입을 열었다.

"저놈 오늘 밤에 처단해버립시다…."

"뭐? 저놈을 처단?"

그는 엄지를 들어 올렸다. 함장을 가리키는 신호였다.

"죽이자고? 죽이면 우리 배는 누가 관리하지?"

"그건 내가 항해사니깐 자동으로…."

"글쎄, 그러면 선원들이 구경만 하고 있을까?"

"쥐도 새도 모르게 해치울 수 있어. 선내 기관실 창고에 불러들이면 간단해. 그곳에는 단도(短刀)도 있고, 모든 장비가 구비돼 있어. 아무도 모르게 처리할 수 있는 공간인데 기막힌 구조로 되어 있거든."

"그런 다음에는?"

"어제 깐슈 처리하듯이 그대로 갚아주면 된다고…."

"글쎄~, 그런데 듣기만 해도 긴장된다."

"겁나면 내가 단독 처리하지 뭐."

베드로는 결연한 혁명군 표정이었다. 만약에 실패하는 경우 목숨을 거는 모험이 바로 혁명이다.

"애머스트호가 조선 땅 몽금포엘 들어가기 전에 해치워야 한다고."

"왜 하필 조선 땅에 도착하기 전에 해치워야 하는데?"

"린지. 그놈이 이 배 안에 신고 온, 영국 상품의

품목을 자네는 좀 파악해 봤는가?"

"응 대충은…. 광목천 33짝에 낙타 털 70짝, 영국산 옥양목 50짝, 목화실 20짝, 또 인도산 목화 실 20짝은 될 거야."

"대충 이들 중 절반은 마초(麻草)인데, 자네가 말한 상품으로 위장한 것들이야. 믿어지지 않지?"

귀츨라프는 고개를 내저었다. 믿을 수도 없지만 의심할 수도 없는 일이다. 이미 청나라 항구마다, 비밀리에 영국 동인도회사 큰손들이 마초로 세상을 점령하기 시작했다는 소문, 또 밀수로 마초를 공급했다는 소문은 있었다. 그러나 귀츨라프는 확인되지 않은 현상으로 사람, 그것도 함장을 배 안에서 죽여 없앤다는 음모에는 대답하기 곤란한 표정으로 베드로의 시선을 살폈다. 그는 차갑게 굳어버린 표정으로 허리에 차고 있는 권총을 만지작거리며 귀츨라프 표정을 살피고 있었다.

"자네 요구에 맹세는 하겠네, 다만 이 밤이 아니더라도…."

"안 돼, 지금 조선 땅에 마초가 들어가면 조선이

라는 나라는 손바닥만 해서 단박에 박살이 난다고, 내가 기도하는 중에 조선을 구하라는 계시를 받았어. 한 선지자가 나타나서 내게 말하기를, 마초를 조선에 퍼뜨리게 되면 자네부터 그 책임 때문에 엄벌을 받을 것이라고 예언을 했거든. 귀츨라프, 자네만 저놈 처단에 반대하지 않으면 지금 당장 해치울 수 있어. 난 자신 있거든. 모르는 척만 해줘, 내가 알아서 할 테니깐."

그는 새끼손가락을 펴들고 귀츨라프에게 자기 손에 손가락을 걸라는 신호를 보냈다. 손가락을 걸었지만 믿음을 가진 그들이 살인을 계획할 수는 없는 일이다.

"좋아, 이렇게…, 그러나 시간과 기회를 좀 보자고. 잠시만이라도…"

귀츨라프는 조선 땅까지 아편으로 오염시키겠다는 영국의 흉측한 음모에 그만 두 다리가 후들후들 경련을 일으켰다. 마초…, 마초…, 조선까지 마초를 공급하면 영국은 어쩌겠다는 것인가? 베드로의 고발은 이만저만한 사건이 아니었다. 하지만 자신은 베드로와 행동은 함께하되 신중하게 해야 한다고 스스로 다짐을 했다.

하나님에 대한 믿음을 가진 베드로가 모의하고 있는 살인만은 막아야 한다. 귀츨라프는 그가 살인 죄를 짓도록 내버려둬선 안 된다고 생각했다.

그때였다. 누군가 탕탕탕…. 의무실 문을 구둣발로 걸어차는 소리가 들렸다. 이어 드르륵 문이 열렸다. 귀츨라프와 베드로는 서로가 놀란 얼굴로 바라봤다. 기관장이 불쑥 얼굴을 내밀더니,

"지금 밖은 배가 파선할 듯이 요동치는데 계속 항해를 해도 됩니까?"

마대한(馬大漢)이라는 기관사였다. 마치 항의라도 하듯이 크게 소리를 질렀다. 그는 영국 유니온 공업학교를 졸업한 기계공학도였다. 나이는 배 안에서 최고령으로 올해 50세였는데, 배 안에서는 가장 연장자에 속했다. 귀츨라프와 항해사인 베드로는 비밀 음모에 집중하느라 긴장해서, 배가 심하게 요동치고 있는 것을 까맣게 잊고 있었다.

"항해? 뭐? 배가 또 심하게 요동치고 있다고?"

베드로가 놀란 얼굴로 되물었다.

"아, 배가 파선 직전인데 두 사람은 무슨 비밀회의를 하고 있는 거야? 심각한 표정을 보니 큰일이라도 작당했나 보군."

베드로는 가슴이 철렁했다. 그러나 침착하게 마대한에게 별일 아니라는 듯,

"아니 입이 찢어졌다고 '작당'이라는 말을 함부로 하고 그래."

부드럽지만 단호하게 말을 함부로 하면 안 된다는 경고의 몸짓으로 일침을 놨다. 그러면서,

"지금 우리는 깐슈의 시체를 바다에 유기시킨 문제에 대해서 토론하고 있었는데, 자네 생각은 어떤 편인가?"

귀즐라프가 마대한에게 은근히 물었다.

"바다에 유기시키는 일은 어른은 물론, 삼척동자도 안 된다고 반대할 일인데, 내게 묻는 저의가 뭔가? 혹시 그런 걸 시킨 함장님을 칭찬하자는 말은 아닌 거지?"

"그건 아니라네. 오해 말고. 지금 곧바로 올라가

함장과 야간 항해를 중단하자고 건의하겠네."

베드로가 말했다.

"안 그래도 함장님의 소집 명령이오."

마대한은 심각한 표정으로 둘을 번갈아 보며 나갔다. 베드로와 귀츨라프는 자칫 마대한이 자기들의 비밀 대화를 엿들었을 리 없을 거라고 단정을 지었지만 '혹시라도' 하는 생각도 들었다.

심각한 태풍우 속에서 거대한 애머스트호는 조각배처럼 심하게 흔들리고 있었다. 아무리 가까워도 소음 때문에 둘이서 속삭이던 이야기를 엿듣기에는 어림도 없다고 생각했다.

승무원들은 각기 배에 있는 기관에 문제라도 생길까 봐 노심초사 신경이 그쪽으로 쏠려 있다. 이런 상황에 남의 이야기에 귀 기울일 일은 없으리라.

함장의 호출에 따라 귀츨라프와 베드로, 기관장 마대한, 세 사람은 함장실로 올라갔다. 함장실에는 고래기름으로 만든 등불이 풍랑에 뒤뚱거리며 흔들리고 있었다. 그곳에는 이미 도착한 선실 제1과장, 제2과장, 그리고 제3과장, 노문, 항해 기록일지를 담당하는 기지사(記識士)까지 도착해 있었다. 모두 아주 심각한 표정들이다. 문을 열고 들어서는 세 사람을 보며 함장은,

"자네들은 뭣 하다 이제 오는 거야?"

"예 함장님, 베드로의 어머니가 런던 조직 폭력배에게 강제로 강간치상을 당한 슬픈 이야기를 듣다가, 너무 잔인하고 충격적이어서 그만…."

"베드로에게 그런 아픔이 있었다는 사실을 나 혼자만 몰랐나 보군."

함장은 예상외로 놀라는 표정을 지었지만, 귀즐라프는 양심이 찔렸다. 지금까지 함장 린지는 항해 시간을 단축시키는 데만 혈안이 되어 있었다. 어떻게든 항해를 강행하여 빠른 시간 내에 몽금포 해안까지 접근해서 정박하는 것이 제1 플랜이다.

만일 그 일이 여의치 않은 경우 제2 플랜은, 바닥을 드러내고 있는 식수를 공급하는 것이다. 어디든 유인도에서 애머스트호를 대기시키고 종선을 이용하여 급수를 확보하는 것이다.

그런데 현재 상황으로는 두 가지 계획 모두 현

실에서 멀어지고 있는 상황이다. 강풍 속의 높은 파도는 진로를 반대 방향으로 자꾸만 되돌리고 있었다. 강풍 속에서 배는 앞으로 나가려고 애를 써도 자꾸만 뒤로 밀리고 있어, 어쩔 수 없는 노릇이다. 현재 상황은 배가 전복되지 않도록 선실의 짐짝을 균형 맞추는 데 모두 힘을 합해야 한다.

항해사 베드로가 함장 린지 앞으로 걸어 나갔다. 배가 심하게 뒤뚱거렸다. 걷는 베드로의 모습이 마치 술에 취한 사람이 비틀거리듯, 중심을 잃은 갈지자걸음이다.

모여 있는 각 선실 책임자들도 두려운 표정으로 서로 구겨진 얼굴만 바라보고 있었다. 마치 배가 조금 전까지 괜찮은 듯하더니 파선 선고를 받은 듯이 어두운 표정들이다. 선원들은 온몸에 벌레가 스멀스멀 옮겨붙은 것처럼 스산해 보인다. 흔히 배가 파선하는 경우 쥐 떼들이 겁에 질린 채 벌벌 떠는 것 같은 그런 음산한 분위기다.

사실은 이 함선에 실린 화물들이 정량을 훨씬 초과한 상태다. 처음 적재할 때부터 베드로는 마음이 꺼림칙하고 못마땅했었다. 베드로는 '혹시 심한 파도라도 치면 배가 무게 때문에 견딜 수 있을까?' 하는 염려를 하고 있었다. 그런데 우려했던 대로 염려가 현실이 되어 이렇게 어려운 사태에 직면한 거다. 언젠가 기회가 생기면 린지 함장에게 엄중한 충고를 해야겠다고 벼르고 있던 참이었다. 그런 기회가 바로 오늘이라고 결심하고 그는 주먹을 부르쥐었다.

배의 중량 초과는 심한 파도를 만나면 치명적이다. 끈을 서로 단단히 묶어서 철저히 처리해야 했다. 그런데 이런 사실을 알면서도 선원들의 생명을 담보로 돈을 벌겠다는 음모가 있어서는 안 된다고 생각하던 참이었다. 배는 무게를 견딜 수 있는 적정량을 수송함으로 정도를 지키는 것이고 인간은 사람답게 살아가는 게 도리다. 배가 비록 무정물(無情物)이지만 그런 사물도, 도를 넘으면 사람에게 배신하는 사태를 불러온다. 그것이 자연의 이치다.

"베드로, 어디 아파?"

함장 린지가 심문하듯 단도직입적으로 물었다.

베드로는 흔들리는 배의 진동에 따라 말의 음절마다 흐려지고 끊어졌다.

"예~, 지금 감기에, 몸살로, 시력 저하에…, 열도 나고…, 의무실에 약을 수령차 갔다가…"

베드로는 린지의 추궁하는 듯한 말에 거짓 증언하는 자신이 미웠다. 죽음을 목전에 두고서 이 무슨 변명이란 말인가. 베드로는 자신이 미워지자 돛대 기둥이라도 탕, 탕, 탕, 속 시원하게 두드리고 싶었다.

"함장님, 우리 지금…, 모두들 떨지 맙시다."

제1과장 총리가 무겁게 입을 열었다. 그러자 함장은,

"우리가 지금 모두 떨고 있는가?"

여기저기서 이구동성으로 말한다.

"그럼요. 이제는 무섭습니다. 배가 뒤뚱거리는 게…"

"어서 비상을 걸으셔야 합니다. 자칫 잘못하면 모두 죽어요."

"각자 위치에서 임무를 다해야 합니다."

"어서 선원들에게 죽음의 목전에서나마 제발 자유를 주셔요."

"이렇게 배가 기우뚱거리는데 집합시켜서 같이 공포증을 느끼게 하는 이 일은 너무 잔인합니다."

기다렸다는 듯이 불만들이 자동 기술하듯 쏟아져 나왔다.

함장 린지는 당황했다. 자칫 이러다가 선상 반란이 일어날지도 모른다는 공포감이 몰려왔다. 얼마 전 영국에서 일어난 멍석말이 선원 항명이 떠올랐다. '우선 살고 보자' 하는 마음에 린지는 비상조치를 선언했다. 이윽고 파록에게 현재 상황이 비상사태임을 배 안에 있는 모두에게 알리라고 했다. 파록은 배 기둥에 있는 비상종을 급하게 울렸다. 땡땡, 땡땡~ 다급하게 종이 울리자 갑판의 함포 옆에서 기다리고 있던 나팔수가 나팔을 길고 짧게, 그리고 또 길고 짧게, 시차를 두고 불며 비상임을 알렸다. 마치 나팔 소리는 슬픈 장송곡처럼 들려 선원들을 몹시 긴장하게 했다.

이윽고 함장의 비상선언에 따라 흩어지리라 믿

었던 선원들이 귀츨라프 앞으로 모여들기 시작했다. 인간은 위기에 처하면 없던 믿음도 생겨 생명줄을 잡으려 한다. 이것이 사람의 생존 본능이다. 그렇게 귀츨라프를 향해 모여드는 사람들 때문에 함장 린지의 눈치가 보일 정도였다.

그런데 이게 무슨 일인가? 함장도 겁이 났는지, 귀츨라프에게 '선목'이라는 직책을 걸고 선원들의 육체적, 정신적 치료를 부탁한다는 임무를 부여했다. 그렇지 않아도 귀츨라프에게는 '주님이 우리를 사랑하셨듯이' 선원들을 모두 사랑해야 하고, 그들을 위해 간절히 기도해야 하는 의무와 책임감도 있었다.

위기감에 선원들이 비명을 지르며 귀츨라프에게 모여들었다. '이 위기를 모면할 수 있도록' 간절히 기도해주기를 바라는 마음으로 모여드는 거다. 이것이 바로 하나님에 대한 의지심의 발로이고, 믿음으로 이어지는 인간의 본능이다. 그래서 흩어져 각자도생하라고 자유를 선언했는데도 현 상황은 오히려 귀츨라프 앞으로 모여드는 기현상이 발생한 것이다. 마치 벌이 여왕벌을 호위하듯이 모여드는 바람에 귀츨라프는 난처해졌다.

귀츨라프는 두 손을 높이 쳐들었다. 등에서도 이마에서도 땀이 비 오듯이 쏟아졌다. 이어 찬송을 시작했다. 찬송을 아는 사람들은 큰소리로 따라 불렀다. 이어서 비와 바람이 잦아들기를 통성으로 기도했다. 이렇게 위급한 상황 속에 나약한 인간이 할 수 있는 거라곤 하나님께 간절히 기도하고 찬송하며 의지하는 것밖에는 없었다. 한참을 찬송하고 기도하다 보니 요란했던 풍랑 소리도 들리지 않고 오직 기도 소리만 들리는 거였다. 이따금 흔들리는 배가 높이 솟았다가 냅다 떨어지는 소리만이 아득히 들려올 뿐이다. 선원들은 기도를 통하여 조금씩 마음의 안정을 찾아가는 것 같았다.

간절한 기도가 끝나고 한참을 조용하던 선원들이 갑자기 미친 듯이 화물실로 달려갔다. 쌓여 있는 큰 짐짝 몇 개를 들고 나왔다. 함장 린지의 명령도 없이 바다에 던지려는 동작이었다. 귀츨라프는 상무관의 소유물을 함부로 바다에 던지는 것은 불법이라고 만류했다.

"여러분, 함장의 명령 없이 배 안의 화물에 손대는 것은 재물 손괴죄에 해당하니 자제해주시길 바랍니다."
라고 외쳐댔다.

이때였다. 누군가가 외쳤다.

"이 물건은 우리 배 안에 있어서는 안 되는 물건이라오."

인도인 짬롱이었다. 그가 낑낑거리며 밀고 나온 짐짝은 다름 아닌 사람들의 정신을 병들게 하는 마초 즉 아편 상자였다. 그는 겁 없이 짐짝을 바다에 밀어버리고 나서 개선장군처럼 두 손을 번쩍 쳐들며 살았다는 듯이 만세 자세를 취했다.

귀츨라프는 여전히 기도하고 있었고, 그의 주변에서 다른 사람들도 함께 "아멘~" "아멘~" 하며 간절한 마음으로 기도에 동참하고 있었다.

그런데 기적 같은 일이 벌어졌다. 요동치던 풍랑은 가라앉고 부표처럼 흔들리던 배도 점점 안정을 찾아가고 있는 거다. 선원들은 박수를 치고 목이

메어 눈물을 흘렸다.

"이제 우리는 살았다."

"풍랑이 멎었어."

"봐봐~, 이제는 배의 흔들림도 덜하잖아."

여기저기에서 이제는 살았다며 크게 박수치는 소리가 들렸다.

귀즐라프도 땀으로 범벅이 된 얼굴로 안도의 한숨을 내쉬었다. 분명 숨 막히게 두려운 시간이 지났다. 기적 같은 순간이 찾아온 거였다. 모두 귀즐라프의 기도 덕분이라고 칭찬했다.

기적은 배 안에서뿐만 아니라 바다에도 지상에도 일어났다. 선원들이 흥분해서 좋아하는 동안 하늘이 점차 개고 맑아지기 시작했다. 귀즐라프는 갑판 위로 올라왔다. 그토록 요란스럽게 파동 치던 바다는 수면제를 마신 듯 잠잠해졌다. 이윽고 동쪽 하늘이 붉게 밝아오기 시작하며 어둠을 밀어내고 있었다. 조금 지나자 찬란한 태양이 천지 사방을 비춰줬다. 마스트 위에는 찢긴 깃발이 흐느적댔다.

"야~, 여기는 어디야?"

베드로는 기쁨에 찬 목소리로 사방을 둘러보며 쌍안경을 눈에다 붙였다. 저 멀리 동쪽 끝에서 고기잡이배로 보이는 어선 한 척이 간당간당한 모습으로 아슬아슬하게 시야에 들어왔다. 그 모습은 이내 함장 린지에게 보고되었다.

"지금 우리가 밤새 고생하고 떠밀려온 곳이 어딘지 알겠는가? 날도 밝았으니 우리가 떠 있는 곳이 어디인지 기관사는 그것부터 파악해봐야 하지 않겠는가. 정말 징그러운 풍랑이었어…."

함장 린지는 두려움에 떨었던 어젯밤이 생각난 듯 머리를 흔들었다. 베드로는 나침반을 꺼내 들고 지도를 들여다보며 말했다.

"우리 배가 서 있는 곳은 동쪽에 있는 조선 땅 근처인 것 같은데요."

"저기 보이는 섬이 몽금포를 앞둔 대부도(大富島) 같습니다만…."

린지는 그 말이 맞는지 확인하듯이,

"대부도라고? 지도에 확실히 그렇게 나와 있는가?"

"옙~. 섬 이름이 큰 부자가 난다는, 그래서 대부도라 지은 것 같은데, 여기서 몽금포까지는 대략 12마일* 정도이니 한 시간쯤이면 도착할 것 같습니다."

옆에서 함장과 베드로의 말을 듣고 있던 마대한이 말했다.

"그럼 여기가 황해도 북동쪽이니 장연군쯤 되겠구만. 몽금포는 남서 방향에 있는 장산(長山)과 근접해 있겠군. 확실하다면 여기쯤에는 황해군청 소재지가 있겠네…."

해도를 손으로 짚으며 함장 린지가 말했다. 그러면서,

"그래, 그럼 우리는 지난밤에 몽금포 가까이에서 풍랑을 만나 거센 파도와 지겹게 씨름한 거였군."

함장은 기쁜 음성으로 기관장인 마대한에게 이 지역 바다 현황을 자세하게 보고하라고 했다.

● 약 20킬로미터.

살의(殺意)

중국에서 중국인과 조선 여인 사이에서 혼혈로 태어난 마대한은 총명하고 똑똑했다. 자신의 조상은 멀고 먼 고려시대에 유민으로 중국에 흘러들었다는 이야기를 할아버지로부터 들었고, 또 증조할아버지에 대한 기록을 지니고 있다고 했다. 그래서 중국 글자와 중국 말을 배웠고, 조선 말도 능숙하지는 않지만 소통 정도는 할 수 있다고도 했다.

마대한은 조선 왕국에 대하여 놀라울 만큼 많은 지식을 보유하고 있었다. 그래서 그는 함장의 명령에 자신 있는 표정으로 대답했다.

"넵~, 제가 알기로는 몽금포에 배를 정박하면 파도가 높아 배가 위험합니다. 그곳에는 바람을 막아줄 어떤 섬도 산도 없습니다. 해도에는 바위 너덜과 암초 덩이로 표시되어 있으니 우리 배는 사자섬[獅子島]에 정박해야 안전한 포구가 되겠습니다."

함장 린지는 안심하는 얼굴로 신호수를 불러 나팔을 불게 했다. 여기저기에서 맡은 임무대로 출항을 준비했다. 참으로 악몽 같은 시간이었다.

간밤에 파도에 휩쓸리고 밀려온 곳이 사자섬 바

로 앞이라 한다. 사자섬은 마치 사자가 웅크린 자세로 앞을 노려보고 있는 것처럼 바위가 파도에 깎인 기묘한 형상이었다. 이 사자 턱 앞에 배를 정박해야 배가 안전하다는 마대한의 부연 설명도 있었다. 바다 위는 점차 동풍이 남풍으로 바뀌고 있었다.

    마대한은 기관장답게 설명을 끝냈다. 로드 애머스트호는 언제 시련과 고통 속에서 밤새 사투를 벌였냐는 듯이 바다 위에 위용을 드러내었다. 선원들은 각기 제자리에서 태풍과 파도가 할퀴고 간 안전 점검에 시간을 보냈다.

    사자섬이 우뚝 눈앞에 다가섰다. 예정된 매뉴얼대로 배는 일시 정선되었다. 닻이 내려지고 두 개의 돛만이 게양되어 한눈에 큰 배임을 드러내는 시각적 효과도 컸다.

    이때 노를 저어가면서 애머스트호를 향해 손을 흔드는 어선이 눈에 들어왔다.

    호의적인 환영 인사 같아 보였다. 사람에 대한 호기심일까? 아니면 이양선에 대한 환영일까? 아무튼 린지는 종선(작은 배) 2조를 내리도록 지시했다.

몽금포 해안으로의 접근은 위험한 처사다. 이곳은 큰 배가 출입할 수 있는 항로다. 항구에는 항구를 관할하는 영(營) 진군(鎭軍)이 주둔하고 있는 곳이다.

"이 지역의 섬과 섬의 인구, 수비하는 남녀 인원의 거동을 총괄하고, 이양선이 나타나면 수비대장은 물론 수비대가 출동하는 타격대도 진주하고 있다."라고《조선해역지(朝鮮海域誌)》에서 밝히고 있다.

마대한은 배를 정박해놓고 가슴이 설렘과 동시에 걱정이 태산 같았다. 애머스트호에서 기대하고 기대했던 조선이라는 나라의 백성을 만난다는 것과 동시에 바다를 지키는 수군(水軍)이 어마어마한 애머스트호를 그냥 바라보고만 있지는 않을 것 같은 예감이 먹물처럼 스며들었다.

애머스트호에는 상대방이 적으로 간주하고 위협할 경우 필히 배에 장착된 무기를 사용하게 되어 있었다. 그것이 정해진 매뉴얼이었다. 물론 귀츨라프의 조리 있고 훌륭한 말솜씨는 중국 일원과 태국, 멀리 인도네시아까지 알려져 있었다. 그러나 그러한 존재도 모르는 조선 수군들이 귀츨라프를 어떻게 대할지도 의문이었다.

종선이 바다 한가운데에 내려지고 얼마 후였다. 아니나 다를까. 애머스트호를 향하여 목선 세 척이 하얀 깃발을 앞세우고 병사들로 보이는 무리가 노를 저어 왔다. 가까이 다가온 조선의 배가 삼진 공격형으로 종선 주위를 에워쌌다. 일시에 이양선을 격퇴시킬 듯한 태도였다. 목선 위에는 여섯 명씩 모두 열여덟 명의 군사들이 타고 있었다. 그들은 각자 병장기를 휴대하고 있었는데, 주로 긴 장대 끝에 쇠스랑같이 생긴 삼지창을 들고 있었다. 더러는 장검을 든 병사들도 보였다.

이 가운데 상사인 듯한 사내는 검정 투구 비슷한 모자에 꿩 털 같은 깃이 꽂혀 있었다. 그는 지휘관인 듯했다. 종선에는 대포나 중포 같은 무기는 없었지만, 귀츨라프 외에는 모두가 비상에 대처할 권총을 휴대하고 있었다.

지휘관으로 보이는 조선인 눈빛이 형형했다. 그는 윗옷은 헐렁했고 바지는 여름인데도 반도(허리

띠)를 두른 모습이 왜군 군대처럼 보였다. 옷 빛깔은 바래서 한눈에도 조선 수군들의 형편을 짐작할 수 있었다.

귀츨라프는 엄한 표정으로 다가서는 조선 병사를 향해 부드럽게 웃어 보였다. 그러곤 허리를 숙이고 공손하게 두 손을 모아 예의를 표했다.

"어디서 온, 어느 나라 배인가?"

지휘관인 듯한 검정 벙거지를 쓴 병사가 위협적으로 물었다.

"우리는 영길리국에서, 통상을 목적으로 귀 조선국과 국교를 맺길 청원하러 왔습니다. 귀 나라 왕과 고관(高官)들에게 청원서와 선물도 지참하고 왔습니다. 그러니 우리는 전투 행위나 위협적인 그런 불손한 행동은 하지 않습니다."

조선 수군 지휘관이 조금 더듬거리지만 조선말을 하는 마대한의 설명을 듣는 둥 마는 둥, 두 손으로 X 자를 만들었다. 이는 조선 땅에 허가 없이 들어왔다는 항의 표시였다. 그것은 배를 향해 어서 물러나라는 반항의 몸짓이기도 했다. 그 몸짓은 국제 통상의 청원서나 선물 같은 것도 거절하겠다는 오만한 태도였다. 그 어떠한 설명도 싫고, 다만 어서 빨리 물러가라는 강력한 주장을 표한 거다. 우리는 청나라를 거쳐 산동반도 중문진을 경유해서 조선에 왔다고 아무리 설명해도 의사가 통하지 않았다.

귀츨라프는 다시 한번 인자하게 웃으며 조선 수군들을 본선 배에 오르도록 권유했다. 조선 수군들은 처음엔 거절했지만, 이윽고 매우 신중하고 조심스럽게 경계를 늦추지 않으면서 애머스트호에 올랐다. 혹시라도 이양선에 나포될 수 있다는 의심의 눈초리가 역력했다. 그 모습을 웃으면서 지켜보던 귀츨라프는 배에 오른 조선 수군들에게 린지 함장을 소개했다.

함장 린지는 하얀 복장에 금테를 두른 해군 모자와 바지는 내리지른 두 개의 금줄로 선장으로서의 권위를 잘 나타내는 현대식 제복을 입고 있었다. 이에 비하면 조선이라는 나라의 병사들은 한눈에 봐도 빛바랜 제복이 초라해 보였다. 비쩍 마른 체구에 발에는 갈포 천 같은 감발에 미투리를 신고 있었다. 그러므로 더욱 초라한 행색이었다. 병사라기보다는 굴뚝새처럼 검은 때가 줄줄 흐르는 그들의 얼굴은 이미 병사가 아닌 것처럼 보였다. 하지만 눈빛만큼은 살아 있었다. 병사들은 깐깐하게 점검하는 일이 곧 임무란 듯이 꼼꼼하게 배 안의 시설물들을 하나하나 눈여겨 살피고 있었다.

근대화된 문명의 이기인 대포를 비롯한 전투장비 같은 놀라운 물건 앞에서 조선 수군은 호기심을 갖지 않았다. 오직 배 안의 기구들만 조사하기 급급했다. 병기, 수화물, 적재 속의 내용물 파악에만 열두 명, 각기 맡은 바 책임하에 신속하게 조사를 진행했다. 이미 거친 파도에 마초 상자와 인화물질이 사라지고 없었기에 다행이었다.

린지 함장과 귀츨라프는 조선의 가난한 병사들한테 선의를 베풀고 싶었다. 그러나 병사들은 좋은 의도의 선물일지라도 받아들일 태도가 아니었다. 두 시간가량 샅샅이 배 안의 수색을 끝낸 지휘관은 언제, 어디서, 어느 지역을 통과했고, 어젯밤 높은 파도 속에 머무른 해역은 어디인지 물었지만, 귀츨라프는 저들의 조선 말을 거의 알아들을 수가 없었다. 하지만 조선 병사들이 일단 조사를 끝내야 했기에 흰 종이에 또박또박 한자(漢字) 해서체로 저들의 문정(問情)을 하는가 싶은 의사를 예상하면서 적어 나갔다.

   1. 우리는 영길리국* 배 (對英吉利國 船)
   2. 조선 바다 입국 7월 13일
      (朝鮮海 入國 七月 十三日)
   3. 영길리국 승선 인원 69명 중 1명 사망
      (英國入船 乘船人 六十九名 中 一名 死亡)
   4. 목적 ; 동남아국 통상 외교 진의
      (目的 ; 東南亞國 外交 通商 眞意)
   5. 반응 없음 (反應 不)
   6. 귀환 예정 여부 (方今 出港 豫定)

함장 린지와 귀츨라프가 연서로 수결했다. 그리

● '잉글랜드'의 한자어 음역.

고 모인(母印)을 함으로써 조선 병사들은 한자로 쓰인 글을 이해는 했지만, 눈빛만큼은 엄중한 표정으로 퇴각 명령을 하기 위해 서둘러 조선 배로 돌아갔다.

평안남도 몽금포를 눈앞에 두고 통상도 외교도 실패한 애머스트호 함장 린지는 자존심이 상했지만 물러날 수밖에 없었다. 지난밤 풍랑으로 중요한 짐짝을 거의 다 잃었다. 생사를 앞에 두고 가슴 졸인 일, 몽금포 앞바다에서 초라한 조선 병사들의 조사로 인한 굴욕은 참을 수 없는 수치심으로 끓어올랐다.

어깨 너머를 보았다

"귀츨라프, 황해도 사람들이 마음에 들지?"

베드로가 엉뚱한 말을 꺼냈다. 하지만 귀츨라프는 화가 머리끝까지 치밀어 올랐다. 조선 수군을 설득하고 전도지를 전할 시간도 없었다. 조선 수군들이 몰아치는 바람에 실수한 사건이었다. 금방이라도 찌를 듯이 삼지창을 들고 윽박지르고 협박하는 바람에 전도의 장을 펼치지 못했다. 귀츨라프는 심한 자책감에 젖어 있는데, 베드로가 조선 사람들이 마음에 들어 좋다고 하니, 베드로가 조금 모자라는 사람으로 보였다.

"야~ 베드로, 너는 누굴 놀리는 거냐? 네 머리가 어떻게 된 거 아냐?"

"무슨 소리야? 자네도 조선 수군들의 초라한 행색을 보지 않았나?"

"봤지. 거지꼴에 무슨 병정들이 번갯불에 콩 구워 먹듯 서두르는 모습 하고, 마스크 대신 낡은 헝겊으로 입과 코를 가리고 우리 선실을 촘촘히 살피는 모습이 우습기도 했어. 하지만 그들의 행동은 꽤나 위생적이라는 생각이 들었지. 그래서 그런지 나는 조선의 미래를 보는 것 같았다네. 조선의 병정, 수군들의 침착성과, 허름해 보이지만 위생에 청결성을 지닌 저들의 생활 태도를 본 것이 좋은 경험이었네. 이다음 영국에 가면 이곳 백성들의 숨은 우수성을 기록에 남겨놓을 것이네."

"조선 수군들을 통해서 조선 백성들의 뒷모습이 보이더구먼. 나도 자네 말에 동의한다네."

그렇다. 귀츨라프와 베드로 역시 그동안 봐온 저 청나라 사람들보다 청결성도 높고, 나라를 사랑하는 마음으로 목숨까지 내걸고 이양선을 대하는 당당한 모습을 발견한 것이다.

"아무튼 보기에 따라서는 평가가 다르겠지

만…."

귀츨라프의 말에 베드로가 답했다.

"보기에 따라 다르다고? 모든 사물에는 기본이란 것이 있다네. 이런 걸 다림줄이라고 말한다네."

"자네는 아무튼, 말이 변호사구먼…."

귀츨라프는 베드로의 섬세한 관찰력과 직관력에 놀랐다. 그의 남다른 이해력은 조상인 할아버지, 할머니, 아버지, 어머니가 각각 혈족이 다른 이방 민족하고 결혼해서 생긴 것이라고 고백했다. 그로 인하여 이해력이 빠르고, 합리적인 데가 있다고 생각했다. 이는 '유전의 법칙'에 의하여 나타난 과학적 근거이기도 하다.

"내가 변호사는 아니지만, 조선이라는 나라는 장래가 있는 것이 확실하네. 손바닥만 한 나라지만 어디 땅벌이 작다고 하여 그 나라 사람들이 우리를 봐준다던? 나는 조선의 미래를, 헐벗고도 당당하게 자기 나라 사람들의 목숨을 소중히 여기는 모습에서 좋은 경험을 했다고 생각하네. 자네는 복음, 복음, 전도, 전도만 생각하지만 그것은 세계를 읽고 판단하는 데 옳은 자세는 아니라고 보네."

베드로는 말이 청산유수였다. 사실 그릇된 표현이 조금도 없었다. 다만 조선에 현상적으로 접근하지 않는 점에 호감이 갔다.

"황해도 사람들이 좋지?"

국가에 충성하고 그 충성을 위해 신명을 바치되 지극히 위생적으로 처신하는 태도는 지금까지 방문했던 나라들의 백성들과는 확연히 달랐다.

하찮아 보이는 삼지창 하나로 나라를 지키겠다는 의지, 헐벗은 육체로 이양선과 맞서겠다는 당당함, 그리고 위생적인 마스크가 아닌 낡은 헝겊으로 가리고 이양선 구석구석을 심사하는 저들의 저력은 무엇일까?

그런 생각을 하면서 귀츨라프는 국민성이 우수한 조선이 좋다는 생각이 들었다. '황해도 사람들이 좋지?' 하고 반문하는 베드로의 질문에는 베드로 역시 황해도 몽금포에 대한 향수를 잊지 못해 아쉬움이 남는 것 같았다.

조선 땅에 입항을 못 하고 뱃머리를 돌려야 하

는 상황이 되자 여러 가지 생각이 들었다. 몽금포는 금이 나오는 무진장의 땅이라서 군인들이 막아섰던 것은 아닐까? 하는 생각도 들었다.

귀츨라프는 황해도 땅에서 그 수군들한테 선교지 한 장도 전하지 못함을 후회하고 있었다. 서두름에 쫓겨 자신이 해야 할 일과 시간을 빼앗겼다. 피가 거꾸로 솟는 듯한 분노와 아쉬움이 겹쳐서 더욱 서글펐다. 세상에 마음을 두지 않고, 오직 하나님께 믿음을 두고 기도하는 귀츨라프의 마음이 이럴진대, 함장 린지의 마음이 어떻겠는가….

금이 묻혀 있는 그 땅에 들어가서 인간으로서의 아름다운 꿈을 실현하고 싶은 욕망을 상실한 채 돌아서는 린지 역시 패잔병의 심정일 것이다. 귀츨라프는 동병상련의 심정으로 조선의 검푸른 바다를 하염없이 바라보고 있었다.

몽금포를 향한 항진은 린지 함장의 무리한 욕망에서 비롯되었다고 생각했다. 사도 바울은 골로새서에서 이렇게 말했다.

그러므로 땅에 있는 지체를 죽이라. 곧 음란과 무정과 사욕과 악한 정욕과 탐심이니, 탐심은 곧 우상숭배니라. 이것들로 말미암아 하나님의 진노가 임하느니라.●

그렇다. 사도 바울은 지상에 있는 실체가 아닌, 그 너머에 있는 이면을 보았던 것이다.

린지 함장은 눈앞의 현상에 대하여 절대 포기할 수 없는 욕망을 내세워 선원 일흔 명의 생명을 볼모로 몽금포로 향했었다. 한여름의 장마와 함께 태풍이 온다는 예보도, 기상관의 보고로 알고 있었다. 현대식 커다란 배가 그까짓 바다를 통과하지 못하랴. 그는 오판했다. 전쟁터에서나 바다 태풍 속에서의 오판은 곧 죽음의 사자를 부르는 것이나 다름이 없다. 냉철한 이성과 철두철미한 준비, 대담한 용기는 리더의 성공하는 비결이기도 하다.

린지는 바로 조선을 벗어나지 않고 뱃머리를 조

● 〈골로새서〉 3장.

선의 서해안을 따라 남으로 돌렸다. 몽금포에서의 뼈아픈 실수는 자신의 자만심과 판단의 미숙에서 비롯된 사건이라고 생각했다.

바다와 여인

○

 귈츨라프가 3층 갑판 위로 올라왔다. 그곳에서 화원(畵員)이 멀어져 가고 있는 몽금포를 열심히 스케치하고 있었다. 후일을 위한 준비라는 생각에 그도 그만 눈시울이 뜨거워졌다. 하마터면 어젯밤 몽금포 앞바다의 고기밥이 되었을지도 몰랐다. 이제 황금 멍석 위에서의 꿈을 내일에 기약해야 하리라.

 린지 함장이 찾아 나선 '비전'은 멀어졌지만, 남쪽 홍주목에 있는 원산진에 가면 진주와 호마라도 구할 수 있으리라는 희망을 가지기로 마음을 굳혔다. 갑판 위에 올라온 린지가 손짓하면서 귈츨라프를 불렀다. 귈츨라프는 천천히 린지 앞으로 발걸음을 옮겼다.

"귀츨라프, 큰 실수를 했다고 안타까워하지 말게. 어제의 실수는 오랜 세월을 바다에서 보내야 하는 일종의 통과의례일 뿐이네."

"그렇게 생각하니 다행입니다. 잃어버린 짐짝 때문에 상한 마음을 가지고 있었을 터인데도 저희를 먼저 걱정하시다니…."

"바다와 여자는 믿을 게 못 된다는 옛말이 있잖은가."

"함장님도 여자한테 놀라셨나요?"

"놀란 게 아니라 속이 뒤집혔고 재산까지 날리고, 형제들은 뿔뿔이 헤어진 사건이 있었어. 바다와 여인…."

"소설 제목 같은데…."

"실은 인생이 소설이야. 속고 사는 것이 인생인데 우리가 몽금포를 찾아갔던 것도 돌이켜 보면 소설이 아닌가? 귀츨라프, 하나만 물어보자고."

"무엇을?"

"저, 베드로와 마대한을 어떻게 생각하나?"

"두 사람 다 정의감이 투철하고 매사에 성실하

니 함장님의 튼튼한 울타리로 생각하는데요."

"나는 전혀…."

"전혀라면…, 어떤 근거라도 있는 건가요?"

"마대한, 이 녀석은 살펴보면 엉큼한 데가 있는 것 같아서 말이야. 사고 칠 염려가 다분해 보이니 늘 조심하라고. 또 베드로, 요 녀석은 천재성은 있으나 반역할 인물로 보이는데, 귀츨라프는 나이가 어려 사람을 보는 눈이 약해서 걱정이로구먼. 아무튼 둘을 조심하는 것이 좋을 것 같아."

함장은 지난밤에 태풍 속에서 헤어나지 못했던 치욕스러운 일들을 생각하면 피가 거꾸로 솟구치는 분노를 금할 수 없었다.

"함장님, 다음부터 출항 전에 우리들의 순항을 위한 제사를 지내야 할 것 같습니다. 귀츨라프 입장에서는 미신이라고 일축하겠지만 근본은 안전이니, 하늘이나 바다의 신들에게 제를 올리는 것이 마땅하다고 생각합니다."

파록이 말했다. 선원들은 어젯밤 일이 제를 올리지 않아 바다의 신이 노했다고 생각한다는 것이

다. 린지는,

"신들에게 제를 지낸다고?"

그러자 선원들은 이구동성으로

"네, 특히 조선의 앞바다는 해신(海神)들이 사납고 거칠다는 전설이 있습니다. 그래서 청나라 상인들은 조선의 처녀들을 비싸게 값을 치르고 사서 산 채로 바다에 제를 지낸다고 들었습니다."

"그래서 그런지 마스트에 걸린 청나라 깃발을 보면 더욱 사납게 해코지를 한다는 설도 있어요."

"신청인지 심청인지 하는 여자 해신이 나타나서 바다를 심하게 흔들어 항해를 방해한다고 하니 제사를 통해서 그 신들을 달래줘야 하지 않을까요?"

"특히 청나라는 조선을 속국처럼 좌지우지했고, 더구나 여성들을 조공으로 끌고 가는 행패를 일삼았다는데, 지난밤에도 우리가 청나라 산동성에서 출발한 냄새를 맡고 성난 신들이 우리에게 화풀이한 것은 아닌지 모르겠어요."

"함장님, 그러니 우리는 제사를 지내고 안전한 운항을 해야 한다고 생각합니다."

파록을 선두로 한 선원들의 말을 듣고, 귀츨라프는 생각에 잠겼다. 어젯밤에는 모두 자신의 옆으로 모여 기도를 해달라고 조르지 않았던가. 풍랑이 잦아지자 그들은 하나님께서 기도를 들어주셨다고 좋아들 했었다. 그래 놓고 세 번씩이나 거짓을 말하고 나니 새벽닭이 울었다는 성서의 '사도 베드로'처럼, 선원들도 벌써 딴소리를 하고 있다. 하지만 그들의 말을 듣고만 있어야 했다.

  미신이란 어느 나라, 어느 민족에게나 있었고, 앞으로도 없어지지 않고 존재할 토테미즘이다. 이를 퇴치하기 위해서 천주신앙이나 기독교에서도 석물이나 조각, 나무, 그리고 자연을 우상시하는 일은 금기시해왔지만 우상 숭배는 계속되고 있다.

  귀츨라프는 아직도 미개한 애니미즘이나 여귀(厲鬼)*, 자연 숭배 사상의 일환으로 우매한 자들의 행위라고 단정 짓곤, 그냥 웃어주면서 파록과 선원들의 얼굴을 살폈다.

● 제사를 받지 못하는 귀신, 또는 못된 돌림병으로 죽은 사람의 귀신을 가리킨다.

자신은 이 배에서 함장 다음으로 서열 2위인 직책에 있는 신분이다. 그럼에도 이런 처지에서 파록과 선원들의 말에 아무런 대꾸를 하지 않았다.

귀츨라프는 출렁이는 검푸른 조선의 앞바다를 바라보았다. 문득 자신이 지난밤 몽금포에서 출동한 수병들한테 행하지 못한 취약점을 뼈저리게 깨달았다.

조선의 정책은, 1776년대부터 유행한 괴질이 청나라에서 유입된 악질이라고 입에서 입으로 전해지고 있지만 쉬쉬하고 있었음을 잊고 있었다. 이는 중대한 실수였음을 통회했다.

첫째로 조선 수군과 마주쳤을 때 전염병 예방에 대한 설명과 약에 대한 설명이 없었다.

둘째로 예방 및 치료약 공급 부재다.

셋째로 조선 수군을 대할 때 경험의 부족이다.

이러한 준비 부족으로 결국은 수군들로부터 퇴각 명령을 받고 따라야 했다. 무력을 사용할 수도 있지만, 이는 자기 발등을 도끼로 찍는 결과에 이르게 되어 있다.

조선의 돌림병은 1799년에 청나라에서 유입되어 한 해에 경외(京外)에서만도 십이만팔천 명이 죽었다. 이 내용이 조선왕조실록에 기록된 이후 청나라 사람들의 조선 입국은 철저한 통제 속에서 실행되었다.

안동의 선비, 수헌(守軒) 유의목의 《하와일록》에서도 청나라 독감을 나열해놓았다는데 '매역', '윤감', '홍역', '염병(染病)', '두역' 등이었다.

조선시대 문헌에는 '여역', '윤질', '괴질', '전염' 또는 '윤행' 등으로 적시해 놓았다. 이로 보아 괴질이 수많은 백성의 생명을 앗아 갔을 것으로 보인다. 이런 처참함을 겪은 조선으로서 새로운 약은 반가운 일이었다. 특히 영길리국의 문명 과학에 따른 처방약은 조선 땅에서 한겨울 꽃을 본 것처럼 귀하게 여겼을 것으로 보인다.

원산진에 오다

해창(海窓)을 닫고 나선 항해사 베드로가 신난 다는 듯 숨 가쁘게 뚜우 뚜우 뱃고동을 울렸다. 이어 항해등도 번쩍번쩍 작동시켰다. 배 안에 있던 선원들이 여기저기에서 상층 갑판 위로 올라왔다. 기관부, 하창 관리부 선원까지 기다렸다는 듯 선교 위까지 올라와 환호성을 지르면서 밖을 향해 손을 흔들었다.

선상에서 누군가가 원산진에 도착했다고 소리를 쳤다. 원산진은 만조였기에 소형 배를 내리지 않고 마을 가까이 접근할 수 있었다. 갈매기 떼들이 뱃전으로 달려들었다. 끼륵끼륵 반갑다고 환영하는 것처럼 느껴졌다. 이로 보아 원산도는 육지와 아주

인접한 섬임이 분명했다.

원산도는 낮은 산에 아름드리 푸르른 소나무가 해안가로 짙은 그늘을 드리우고 있었다. 귀츨라프가 쌍안경을 꺼내 주위를 살폈다. 조용한 섬이었지만 경비는 삼엄했다. 어떤 경로로 전달받았는지, 새우젓 독에 쉬파리 모여들듯이 셀 수 없이 많은 목선들이 전술 방향으로 흩어져 애머스트호를 향해 접근해왔다. 장칼을 든 자, 괭이와 삼지창을 든 수병들이 타고 있었다.

목선 위에서는 수병 여러 명이 장칼을 휘두를 자세였다. 더러는 삼지창을 치켜들고 마치 벌떼처럼 위협적으로 다가왔다. 하나, 둘, 여섯, 열, 그리고 열둘, 열여섯, 숫자를 헤아리다 그만 베드로는 숫자를 잊고 말았다.

소형 목선 중간 배에 있는 검은빛 죽립을 쓰고 챙에는 꿩 털 같은 것을 꽂은 자가 지휘관으로 보였다. 그는 허리에, 검은 띠에 호랑이를 그린 흑포대를 두르고 있었다. 도끼눈으로 손을 내젓는 것이 진격하라는 신호인 것 같았다. 그러나 그의 눈빛과는

달리 대다수 수병들은 논밭을 일구다가 일시에 달려 나온 군사처럼 허접해 보였다.

홍주는 조선의 공충도이다. 둘째라면 서러운 대우라고 할 만큼 땅이 기름지고 논밭의 소출도 많았다.

삼남에서 전라도 못잖은 농토를 보유하고 있었다. 이 농민들의 전답을 독려하고 서해안을 수비하기 위해서 정부는 군사적 요충지로 삼았다. 정삼품의 목사가 다스리는 지역이기도 했다. 그리고 삼남의 세곡선이 천수만을 경유, 수도 한양으로 운송되는 중간 검수 지점이었다.

그러므로 홍주목사는 군사권을 보유한 첨정제를 겸직하고 있는 영장(營將)이었다. 영장은 칠사(七事)를 독려하고 있다. 칠사란 다음과 같은 내용으로, 조선의 관리라면 응당 담당해야 할 일이었다.

- 농업 진흥
- 인구의 증감 계량
- 유·청년 교육 진흥 독려

- 군대 정비
- 부세(部稅) 수취
- 공정한 재판
- 치안 확보

특히 그 무렵에는, 전염병 괴질로 인하여 숱한 백성이 마을마다 남녀노소 가리지 않고 앓아누우면 곧 죽음이었다. 이러한 백성들의 떼죽음을 막기 위해, 바다나 육지를 통하여 들어오는 외국인들은 극히 제한적으로 출입을 통제하는 것 역시 그 무렵 목민관들의 사명이었다. 특히 괴질이 청나라에서 전염해 왔다는 괴소문이 떠돌면서 바다를 지키는 수군들에게는 엄중한 방비를 해야 하는 임무 또한 주어졌다.

이러한 상황을 사전에 파악하지 못한 것도 애머스트호가 몽금포에 장시간 정박하지 못한 이유일 것이다. 세칭 500톤급 바크형 상업용 범선이라고 하지만, 세 개의 돛에 대포를 비롯하여 중포, 소포까지 갖춘 배가 서해안을 거쳐 북쪽에서 남쪽으로 항진하고 있음을 공충수우후(公忠水虞候)를 비롯하여 홍주목사에 이르기까지 보고되었을 것이다.

그러니 바짝 긴장한 수군들은 해안을 따라 남하하고 있는 애머스트호를 예의 주시하였을 것은 당연했다. 그렇지 않고서는 그렇게 빠른 동작과 함께 많은 수군들이 일시에 나타날 수는 없을 것이다. 숨막히는 순간에 이어 수군들의 고함도 귀청을 흔들었다. 린지 함장과 귀츨라프, 베드로도 적잖이 놀란 사건이라 당황스러운 상황이었다.

"원산진인데 저렇게 많은 수병들이…. 우리 배를 공격할 것 같은데 그냥 가만히 기다려야 합니까?"

"우리도 빨리 대처를 해야 할 것 같은데요. 우리에게는 신식 대포, 중포. 소포, 연발 기관총이 있는데 이럴 때 써먹으려고 싣고 다니는 거 아닙니까?"

"함장님, 어서 명령을 내리십시오."

겁먹은 선원들이 송곳니를 악물면서 소리쳤다.

"저들이 먼저 공격하지 않으면 우리도 참고 기다리자고…."

린지 함장은 풀기 머금은 노새처럼 힘주어 말했다. 그는 목선이 다가옴을 침착하게 기다리면서 차갑게 말했다.

"저 개미 떼같이 대드는 수군들을 우리는 겨우 예순 명이 어떻게 대처하려고 그러나. 급할수록 침착해야 한다. 전체 선원들은 함장의 명령이 없는 한 조선 수병들에게 총질이나 함포를 발사하면 안 된다고 알린다."

파록은 함장의 냉엄한 태도에 불만이 있지만 어쩔 수 없이 명령에 따라야 했다. 그것이 이 배 안의 엄한 규율이었다. 그런데도 린지는 개구리 잡아먹은 뱀처럼 생각이 울툭불툭했다. 사실 애머스트호는 '상선'이라는 명칭을 달고 있지만 함포까지 무장한 배다. 소형이지만 중대본부까지 갖춘 함선부대였다. 부대라는 직제는, 전선에 나서면 명령에 살고 명령에 죽는 것이 군율이었다.

로드 애머스트호가 그제 외연도에서 녹도를 지나 고대도 앞바다에서 잠시 정선했을 때까지 바다의 수군들 움직임은 없었다. 아마도 조선 수군들은 숨어서 애머스트호의 동태를 살펴보고 있었던 것 같았다.

조선의 목선에 가득 태운 수군들이 애머스트호 가까이 접근하는 태도는 성난 벌떼처럼 사납게 보였다. 하지만 수군들은 먼저 공격하지 않고 금방 선원들을 끌어내릴 것처럼 형형한 눈빛으로 배에 줄사다리를 걸었다. 그 사다리를 타고 배로 진격하여 올라왔다.

귀츨라프는 수군 지휘관인 듯 보이는 사람에게 거수경례를 했다. 지휘관은 모시로 된 헐렁한 상의에 바지는 각반으로 된 베옷이었다. 베옷 위에 두루마기 같은 것을 걸쳤는데 허리에 검은 띠를 두르고 있었다. 띠에는 금빛 호랑이가 이를 드러낸 형상으로 상대방을 노려보고 있었다. 머리에는 흰색 대나무를 쪼개서 엮은 패랭이 모자에 긴 무쇠 칼을 손에 들고 나타났다.

그에게는 무관이라기보다는 중후한 선비 이미지로 다가왔다. 분명 수군들의 우두머리인 것이 분명했다. 걸음걸이와 몸놀림이나 자세도 가볍게 보이지 않았다.

귀츨라프는 그에게 다가갔다. 그리고 동양식으로 허리를 90도로 꺾어 예의를 표했다. 수군의 우두머리인 듯한 그도 따라서 고개를 숙였다. 그의 모자 옆에 매달린 마노 줄이 출렁거렸다.

"저희 배는 무역 청원을 위해서 귀 나라를 방문한 것입니다."

귀츨라프는 린지 함장을 가리키면서,

"저분이 이 배의 함장님, 즉 마스터 넘버원입니다."

조선 수군은 귀츨라프가 하는 말을 잘 알아들을 수가 없어 난감한 표정이었다. 가까이 있던 지휘관은 군관에게 무슨 뜻이냐고 묻는 듯했다. 짐작건대 청나라 말을 하는 사람이 어디 있는가, 묻는 듯했다.

옆에 서 있던 병사가 뱃구레를 잡고 '녹도, 녹도'라고 반복하는 것이었다. 녹도에 청나라 말을 하는 사람이 있다는 뜻이었다.

귀츨라프가 얼른 흰 종이에 방구들 속에서 긁어 온 듯한 검정 크레온으로 울퉁불퉁 서투른 한자 필체로 이렇게 적었다.

> 우리는 영길리국에서, 입국 사유는 통상(通商) 교역차, 귀국의 최고 상관께 청원서를 제출하고자 방문했습니다. 여기에 상관에게 드릴 예물도 준비되어 있습니다.
> 우리 동인도회사의 애머스트호 선원 일동은 귀국 백성들과 절대로 싸움이나 불화(不和)를 조성하지 않을 것입니다.
> 마지막으로 귀국 조선 땅에는 청나라에서 유입된 괴질로 한 해에 18만 7천 명이라는 어마어마한 인명이 죽어 나갔다는 소식을 익히 들었습니다.
> 그 괴질은 곧 '감기' 종류의 일종인데, 이 신약을 치료에 쓰도록 무상으로 드리고자 합니다. 이 약을 우리 배에 많이 싣고 왔습니다. 그리고 귀국 백성들의 흉년을 극복할 대용으로 '감자'도 전해주고자 합니다. 귀 정부 상관의 입국을 허락한다는 답신을 기다리겠습니다.

귀츨라프는 요약한 문서에 함장 린지와 자신이 수결한 후 서둘러 수군 지휘관 앞에 내밀었다. 서류는 16절지, 사방은 금박으로 인쇄된 고급 판지에 붉은색 고급 비단 표지였다.

지휘관 장교는 손을 내저었고, 좌우로 머리를 흔들었다. 엉겁결에 그는 서류를 받아 들고 주변 병사들의 동향을 죽 훑었다. 더러는 마른 기침을 토하면서 모두가 숨을 죽였다.

이때를 놓칠세라 귀츨라프는 죽 둘러싸인 조선 수군들을 향해 '초대' '초대' 하면서 들어오라는 몸짓으로 배 안을 가리켰다. 그제야 수군 장교는 초대의 말뜻을 알아들은 듯했다. 귀츨라프가 배를 가리키는 방향을 향해 조선 장교가 말했다.

"승선, 승선."

뒷다리 긁는 척 상대편의 허벅지 더듬듯 '승선'을 외치자, 수군 병사들은 기다렸다는 듯이 기생 콧구멍처럼 매끈한 출입구로 우르르 몰려들었다. 그것은 수색이 목적이었다. 그들은 신기한 배 안 시설물과 여기저기 널려 있는 식기와 기명들을 낱낱이 살펴보았다. 진기하고 처음 보는 것들에 대하여 호기심도 가지고 있었다.

한 시간가량이 지나자 귀츨라프는 조선 장교에게 감기약 한 상자와 홍주목사에게 드릴 선물로 유리로 만든 영국제 호랑이 암수 한 쌍을 건넸다. 상관들에게는 금장 단추도 선물했다. 감자 씨앗도 한 상자 건네주면서 심는 법을 가르쳐주겠노라고도 했다.

귀츨라프는 황해도에서의 실수를 교훈으로 생각하고 장교와 수군들에게 선교용 성경 말씀이 적힌 종이 책받침을 한 보따리 제공했다. 처음에는 극구 사양하다가 끝내는 못 이기는 척 받아 들었다. 아마도 신문물에 대한 호기심일 것이다.

귀츨라프는 홍주목사의 허락이나 감목관(監牧官)을 만날 수 있도록 요청하는 한어(漢語)로 된 문서도 함께 정중히 전달했다. 그리고 회신을 기다리면서 장기 정박 승낙을 요청했다.

모든 절차를 문서로 기록한 다음 원산진 진영장을 찾아가기로 계획했다. 함장 린지는 귀츨라프의 침착한 행동과 필담 솜씨에 만족하는 눈빛이었다.

조선 말과 조선 글을
배우고 싶어

그 무렵 귀츨라프가 요구하는 것이 있었다. 조선 말의 기초를 배우고 싶다는 것이었다. 그걸 배운 후 조선 나라의 말로 전 백성에게 '기쁜 소식'을 전하고 싶다고 했다. 그것은 아마도 좋을 것 같았다. 낯선 이방인들에게 조선 말, 조선 글을 알려주는 것은 필연코 조선 정부에서도 환영할 일처럼 판단되었다.

수군 지휘관에게 귀츨라프가 조선 말, 조선 글을 배우고 싶다는 뜻을 전했다.

"그것은 좋은 일 같은데 우리가 감당할 수 없을 것이니, 하선하면 내가 진사 어른을 통해 박식하고 언어에 해박한 통역사에게 부탁하겠으니, 혹시 내가 잊게 되면 자네가 내게 얘기를 해주게. 정말 그렇게 된다면 세종대왕께서 천국에서 주무시다가 벌떡 일어나시겠다."

"제가 잊지 않겠습니다."

수군 장교는 조선 말과 글을 배우겠다는 귀츨라프가 신기한 생각을 품고 있다고 생각했다.

그런데 귀츨라프는 '기쁜 소식'이 구체적으로 무엇인지 밝히지는 않았지만, 조선 수군으로서는 미지의 그것에 대해 기대를 걸기에 충분했다. 기쁜 소식? 쌀, 밀가루, 총, 칼, 의복, 머리에 쓰는 전투모, 수군 장교는 혼자서 되뇌면서 실쭉 웃었다.

머리가 노랗고 눈이 퍼런 서양 놈들은 싱겁게 생겨먹었는데 이자는 속이 꽉 찬 옥수수 같았다. 저 놈들이 왜군처럼 조선 땅을 박살 낼 작정이 아니라면 얼른 조선에 기쁜 소식을 전해주렴…. 조선 땅은 지금 피폐해 있다.

관리들의 무거운 공납과 흉년은 해마다 지속되었고, 굶주린 백성은 견디다 못해 산속으로 들어갔다. 여기저기에서 도적이 출몰했다. 가까이 있는 왜군은 시시로 남해로 침노했다. 명나라를 이은 청나라도 시시로 조선 조정에 무겁고 힘겨운 조공으로 위협을 일삼았다.

아라사 수군들이 북쪽에서 출몰했다. 귀츨라프와 함께 온 수군들처럼 예의 바르고 신사적인 수군들이 접근해 오면 좋겠지만 정반대였다.

귀츨라프의 요구에 따라 원산도 진에서 근무한다는 조선 역관을 수군이 안내했다.

"하하, 고맙습니다. 우리 조선 말과 글을 가르쳐 달라고요? 좀 생소할 텐데."

역관이 홍소를 지었다.

"저는 말레이어, 베트남어, 청국어도 익혔습니다."

"그래요? 언어의 천재로 태어나신 분인데 우리 말을 여기 허가받은 거류 기간에 제가…."

역관은 환하게 웃으면서 손을 내밀었다. 개방된 사고를 지닌 청년 역관이었다. 그러나 그는 영어는 전혀 알아듣지 못했다. 청국 말은 가까스로 알아듣는 실력이었다.

조선 말과 조선 글을 배우고 싶어

애머스트호가 원산진에서 조선 정부의 통상 의견서가 접수되어 돌아오기를 기다리는 사이, 역관은 수군우후의 지시로 귀츨라프에게 기초 한글 자음과 모음을 결합시켜 운용하는 방법을 가르쳐주었다. 초성, 중성, 종성에 대한 설명도 그림으로 그려가면서 알려주었다.

역관은 귀츨라프에게 한글 기초를 전심으로 알려주었다. 귀츨라프는 이에 대한 보답으로 역관에게 은밀히 금장 단추 세 개를 사례로 건넸다. 역관은 고맙다는 인사를 정중하게 하고 원산진으로 돌아갔다.

역관의 수고가 헛되지 않게 최초의 한글 기도문을 서양인에게 전해준 곳이 원산도가 되리라고는 아무도 몰랐다. 또한 이를 통해 귀츨라프는 세계에 한글의 우수성을 알리는 결과까지 얻은 것이다.

모든 책임은 내가 진다

○

 로드 애머스트호를 수색하고 돌아온 수군우후 김형수는 진영(鎭營)의 동헌에서 긴급회의를 소집했다. 회의 직전에 홍주목으로 가는 연락선에 '긴급 경과보고서'를 띄웠다. 연락망에 의해 목사는 첩정을 받아 답신을 통하여 하교하도록 편제되어 있었다.

 동헌에 모인 군관들은 수군우후(水軍虞候) 김형수, 진영장(鎭營將) 정명석, 방비수령(防備首領) 이창수 등 별장 셋이었다. 이들은 심각한 얼굴로 수군우후의 입에서 무슨 명령이 하달될 것인가를 침묵 속에 기다리고 있었다. 모두의 입에서 침이 마르는 순간이었다. 참모인 별장들은 수군우후의 명령에 의해서 죽고 사는 존망의 갈림길에 서 있는 찰나였다. 참모들은 산더미처럼 크나큰 애머스트호의 선원들과 싸움을 벌인다는 것에는 마음이 걸렸다. 그렇다고 솔직히 말을 할 수도 없는 진퇴양난이었다. 이는 독수리와 병아리처럼 확연히 상하가 구별되는 마당에 꿀 먹은 벙어리로 수군우후의 입만 바라보고 있었다.

전쟁을 치를 것인가, 아니면 너그럽게 저들을 포용할 것인가를 숨죽이고 바라볼 수밖에 없었다. 서로서로 번갈아가며 고심을 할 뿐이다.

"자, 우리는 지금 중대한 사건을 앞에 두고 의견을 듣고자 하는데, 장교들은 흉금을 털어놓고 귀관들의 의견을 발표하여주기 바라오. 이를 종합하여 수군우후께서는 홍주목사님께 파발마를 띄워 첨정토록 하기로 결의하는 것으로 회의를 진행하겠소. 오늘, 이 회의는 상하 직급 차별 없이 의견을 발표하는 것으로 진행하도록 하기 바라오."

오늘따라 진영장 정명석이 참모들한테 경칭을 썼다. 그것은 이례적인 일이다.

"영장님, 우리는 싸우면 안 될 것 같습니다. 이양선 안에는 말로만 듣던 산더미처럼 큰 대포를 비롯해서 많은 사람을 단시간에 해치울 수 있는 신식 무기가 가득한 것을 두 눈으로 보았습니다. 저들과 싸우지 않고 화해하는 시간을 충분하게 허락하도록 조처를 내리는 게…."

"그것은 아니 됩니다. 인간은 한번 세상에 왔다가 가는 것은 상하 고저 막론하고 마찬가지로서 우리는 국가 정책에 따라 죽고 사는데, 화해에만 연연하면 나라는 누가 지킵니까? 우리는 곧바로 불법을 자행한 이양선을 불태우고 우리 원산도를 지키는 수군들의 용맹성을 조선 방방곡곡에 널리 알리는 것이 곧 조선 수군들의 충성심입니다."

"우리가 누굽니까? 명량해전의 가멸찬 이순신의 뒤를 잇는 '공충도' 수군인데 이양선을 포박하고 당장 선원들을 감영에 수용해야 합니다. 또한 발달한 그들의 기술을 빼내는 것도 현명한 처사일 것입니다. 우리는 작지만, 옛말에도 작은 고추가 맵다고 했습니다."

시급하게 배를 포박하고 선원들을 가둬서 그들의 기술을 빼내야 한다는 의견도 발의했다.

"또, 다른 의견은 없는가?"

"있습니다."

방비수령 이창수는 말할 기회를 놓칠세라 손을 번쩍 들었다.

"감정적으론 대적하고 질시하는 등 무시하고 싶은 것이 우리 인간의 본심이라고 생각합니다. 하지만 급할수록 한 발자국 뒤로 물러서서 냉철하게 득의의 시간을 기다릴 줄 아는 것이 지혜인데, 어찌 싸움을 걸어서 저 산처럼 거대한 배와 싸우려고 합니까? 그렇게 해서 얻는 것이 결국 무엇입니까? 저들과 협상하고 좋은 뜻을 받아들여 백성을 보호하는 한편, 기술도 받아들여 발전하는 계기로 삼아야 한다는 생각입니다."

"오늘 우리가 이미 받았던 괴질 약은 먹으면 백발백중이라고 합니다. 우선 중환자들에게 먹여보고 특별한 효험이 나타난다면 저들과 교역도 하고 소통을 한다면 유익할 것이라 생각합니다."

"서로가 힘든 지붕에 오르기 위해서는 서둘러 사다리를 놓아주고, 그렇게 되면 우정은 신의로 쌓일 것입니다. 우리가 주의하고 살필 것은 싸움이 아니라, 남의 물건이지만 효험이 있다면 받아들여야 한다고 생각합니다. 하지만 각자가 너무 의지하는 마음을 쏟지 말아야 할 것입니다."

"그리고 오늘 회의는 여러분이 입을 닫고 있으나, 모두가 수군우후께서 지니신 경륜에 따라서 심판하시되 목사께서 하답에 방점을 두는 것이 해답인 듯합니다."

모두가 이창수의 긴 연설 같은 의견에 기우는 듯했다. 누구도 더 이상 말하지 않았다. 긴 침묵이 이어졌다.

수군우후가 위엄 있는 어조로 입을 열었다.

"내가 최종 말할 것이 있으니 들으시오."

참모들 모두는 숨을 죽였다. 수군우후의 거동에 시선을 모았다. 좀처럼 가볍게 말을 하지 않는 성격이었다. 그는 긴 턱수염을 두 번 쓰다듬었다. 그러곤 결연한 각오를 한 것처럼 무관복 사모를 벗어 궤상에 내려놓았다.

"오늘 이양선에 오르고 그 배를 탐색하고 정선시킨 사실은 모두가 내 책임이오. 이양선에서 나누어준 감기약을 가가호호 배급하여 우선은 백성들이 목숨을 잃지 않도록 바로 실시하고, 진영장은 이양선 함장이 배에서 내린 서양 씨감자 종자를 살리도록 우선 조치하고 보고하시오.

흉년이 들고 괴질이 번지는데 식량이 부족한 것을 이양선이 보충한다는 말에 나는 저들의 마음씨와 태도에 감복했으니 진영장은 내 말에 절대 복종하되, 차후 일어날 일에 대한 일체 책임은 내가 질 각오이니 각자 유념하고, 홍주목사께서 내왕하시기 전까지 이양선을 향해서 무력 사용은 절대 금지요. 내 명을 거스르게 되면 국법에 따라 조처할 것이로되, 이를 준행하는 장교들에게는 응분의 보상을 감기약으로 포상하겠으니 그리들 아시오."

"그럼 저 배에서 우리에게 마실 물을 달라는데 급수 제공은 어찌할까요?"

별장이 손을 들고 물었다.

"적군이 아닌 이상 저들에게 물과 식량은 무리가 없는 한 관대하게 제공하고, 저들이 준 괴질 치료약을 배급하도록 하시오. 그리고 감자 종자는 흉년 대용으로, 우리가 믿어도 될 듯하니 각별히 보존하도록 하시오."

진영장이 별장들에게 명령했다. 감자? 감자는 처음 듣는 밭작물이었다. 장교들은 저마다 한두 개씩을 서둘러 주머니에 넣었다. 흉년 대용이라니 이보다 더 반가운 소식이 아닐 수 없었다.

조선은 한두 해 걸러서 흉년이 들어, 나무뿌리, 풀뿌리를 캐서 먹으면서 수직(守職)을 이행해야 했다. 수직을 이행하지 않으면 곧바로 국법에 의해 하옥되거나 노비로 끌려나갔다. 이를 피하기 위해서라도 수직을 해야 하는 처지였는데, 감자 씨가 식량 대용이라는 말에 장교들은 귀가 번쩍 뜨였다.

역사서에 '감자는 남미 중앙 안데스 고원지대에서 자생하는 식물'로 기록되어 있다. 스페인이 남미를 정복하면서 16세기에 유럽으로 유입되었다고 밝히고 있다.

감자는 혹한의 상황 속에서도 잘 견디는 성질을 지니고 있다고 밝혀졌다.

감자에 어떠한 장점이 있는가 하면, 전쟁이 발발하면 밀, 보리, 호밀, 귀리는 불에 타지만, 감자는 땅속에서 살아남아 전투식량으로 많이 사용되어 인기리에 식재되는 대용작물인데, 이는 발전하여 술에까지 재료로 사용되었다고 한다.

조선에서는 1824년 청나라 귀족들이 산삼을 채취하기 위해서 배를 타고 숨어 들어와서 감자를 몰래 식량으로 경작했다는 근거가 없는 구전(口傳)이 나돌기도 했다. 특히 우리나라에는 강원도 춘천부 회양군이라는 곳에서 독일인 매르린이라는 사람이 '난곡'이라는 감자 품종을 개발했다는 보고가 있다.

강원도 회양군은 정철의 《사미인곡》에 나오는 지명이기도 하다.

삼인이 모이면 호랑이도 만들어

공충수사인 그가 오늘 회의에 불참했다.

몸살감기 증세로 누워 있는 그를, 수군우후 김형수는 점촌 근방에 위치한 공관으로 방문하기로 마음을 정했다. 그는 유좌지기(宥坐之器)*였다. 이틀 전부터 인사불성이 되어 누워 있었다. 수군우후는 그에게 공가(公暇)를 내렸다. 애머스트호에 대한 오늘 작전 지시와 명령에 하자가 있었는가 싶어 꺼림칙했다. 마치 뒷간에 다녀오면서 대충 풀잎을 뜯어 뒤처리한 느낌이 들었다.

사실상 수사와 논의 후에 처리해야 할 직무에

---

* 항상 곁에 두고 보는 그릇이라는 뜻으로, 마음을 가지런히 하기 위한 스스로의 기준을 이르는 말.

자신이 월권으로 처리한 것이 아닌가 싶기도 했다.

　수사는 비상시에 작전의 전권을 쥐고 있는 시퍼런 공권력이었다. 하지만 그의 사람 됨됨이나 인격은 맑았다. 나이도 자신보다 세 살 위였다. 그리고 신뢰할 만한 인물이었다. 청렴하고 곧은 성격으로 인하여, 내직보다는 외직으로 나도는 직임에 김형수는 안타까운 심정을 지니고 있었다. 그래서 늘 유좌지기 하는 믿음으로 지켜보는 존재였다.

　감기약 상자를 가슴에 안은 수군우후는 사직단(社稷壇) 앞에서 허리를 굽혀 큰절로 재배했다. 오늘의 애머스트호 사건을 해결함에 잘잘못이 있다면 용서해주실 것과 새로운 지혜를 주실 것을 간절히 기원했다. 누워 있는 수사의 무병장수(無病長壽)를 위해 무릎을 꿇고 촛대에 불을 붙였다.

　"가보자, 수사의 공간에. 몸살감기로 인사불성이라던데, 어찌 장수가 감기 따위 가벼운 병에 누워 지낸다는 건지 해괴하구나…."

　수군우후는 경마잡이가 노새를 잡고 기다리고 있는 상마석을 밟고 안장에 올랐다. 경마잡이는 숙

달된 어조로 노새를 어우르면서 여우고개 언덕을 떠그덕 떠그덕 내려왔다. 여우고개 언덕에는 수확이 좋은 들깨가 풍년이었다. 하얀 들깨꽃 향기가 코에 아련히 구수하게 스며왔다.

메마른 섬 지방에서 여름작물은 콩이나 들깨를 심었다. 일손이 부족한 섬 주민들에게는 가꾸기가 쉽고 제법 수확이 많은 밭작물이었다. 이로 인하여 섬 주민들에게 검정콩은 식물성 고단백질이요, 들깨는 아주 중요한 식물성 기름이었다.

거친 섬에서는 장려할 만한 여름살이 밭작물은 이 둘뿐이었다. 여우고개를 지나자 도자촌에는 커다란 굴뚝 위에 연기가 지네처럼 누워 있다. 이윽고 종각이 시야에 들어왔다. 섬 주변에 이상 징후가 나타나면 종각에서는 연거푸 '땡땡땡' 종을 울려서 긴급한 신호를 알렸다.

비상용 종각은 낙엽송 사방 기둥에 갈대로 지붕을 덮고 있었다. 종각의 청아한 소리는 여전하지만, 비상용이기 때문에 아무나 흔들고 싶은 욕망을 절제해야 하는 엄한 장소이기도 했다.

수군우후가 공관 가까이에 이르렀다. 여민락(與民樂)이라는 현판 아래 숙위(宿衛)하는 수졸들이 기다렸다는 듯이 우르르 몰려나왔다. 이들도 원산진에 이양선이 나타남을 익히 탐지한 듯했다. 수군우후를 알아보고는 왼손으로 가슴에 손을 대는 예를 표했다. 그러곤 "근무 중 이상 무!"를 크게 외쳤다.

"너희 수군 어른이 안에 계시더냐?"

수군우후가 우렁찬 소리로 포졸들에게 하문했다.

"병중에 누워 계시지만…, 잠시만 기다리시면 곧 아뢰고 나오겠습니다."

공관 뒷바라지를 하는 수졸 두 명이 한 조로 돌담 곁으로 날래게 뛰어갔다. 이윽고 수졸이 다가와 낮은 음성으로 보고를 했다.

"객사로 들라 하십니다. 대감 어른께서 여기까지 오시느라고…."

포졸이 앞장서서 동헌 객사로 안내를 했다. 돌담은 배꼽 아래로 낮게 쌓여 있다. 아마도 적의 동태를 살피거나 안의 거동을 염두에 두지 않는 구조였다. 그만큼 공충도는 인심이 순후하고 외래 손님에 대해서도 경계의 빛이 적은 곳이라고 생각했다.

수군우후 김형수는 아직 임직 기간이 6개월이나 남아 있었다. 내직으로 옮겨 갈 날이 6개월 남아 있는 거다. 이러한 사정을 감안하여 매사를 공의롭고 올바른 마음가짐으로 임해왔다.

그러나 며칠 전부터 커다란 외국 배가 공충도 앞바다 위에 불쑥 나타남은 자신의 앞날을 예측하기 힘든 사건으로, 어떻게 처신해야 할지 애면글면하게 되었다. 하지만 자신의 소신과 책임은 엄격한 잣대와 기준으로 임했다.

정치라는 것은 옛날이나 지금이나 현재에도 전통적으로 뒷사람이 자신의 앞사람을 노리는 세계다. 따라서 야바위꾼도 존재하기 마련이다. 오죽하면 세 명이 작당하면 훤한 대낮에 호랑이도 만들어낸다는 속담이 있을까. 그것이 바로 삼인성호(三人成虎)라는 말이다. 공직이란 위로 올라가면 갈수록 태풍이 심하다는 사실 앞에 김형수는 진심으로 성혜(成傒)를 믿었다. 그것이 자신의 신조이고 철학이기도 했다.

'성혜'란 개념은, 덕망으로 굳이 자신을 드러내지 않아도 사람들이 흠모하여 모여든다는 뜻이므로, 이를 마음에 새기면서 진심으로 처신했다.

수군우후 김형수가 수사의 객관으로 위문했다는 소식을 접한 점촌(店村) 촌장이 알현을 요청해 왔다. 수졸의 긴급한 보고가 있었다.

수사는 점촌 촌장이 어떻게 하여 이 섬에 안주하였는지 까닭을 모른다. 아무튼 점촌의 촌장은 예사 사람은 아니었다. 예의도 바르고 지식도 만만찮은 신분인데, 이 섬에 와서 그릇을 굽고 아전들의 자녀들에게 천자문을 가르친다는, 여유 자족하는 처신이 좋아 보였다. 수군우후는 이따금 촌장을 불러 시도 읊고 시조 가락을 뽑기도 했다. 그의 요청으로 녹도에 있는 93세 된 처사를 초청도 했다.

"수군우후께서 왕림하셨으니 촌장께서도 들라 하라. 내 병중이기는 하다마는 어른과 함께 알현하면 영광이겠구려…."

점촌 촌장이 객사로 안내되어 실내로 조심스럽

게 들어섰다. 평지보다 높게 지은 객사였다. 아자창(亞字窓)에 세모시 망사를 붙인 객사는 보기에도 고급스러워 보였다. 창 아래에는 먹감나무로 공작한 문갑이 가지런히 놓여 있고 그 끝으로는 옻칠한 사방탁자가 하나 놓여 있었다. 참죽나무 문갑 위에는 붓통과 한지 두루마리가 놓여 있어 덕망 있는 선비가 쓰는 방처럼 보이는 객사였다.

잠시 후 수군 이공(李供)이 옷깃을 여미면서 객사로 들어섰다. 퀭한 두 눈은 붉게 충혈이 되어 있었다. 심한 기침과 발열로 고생한 흔적이 얼굴에 그대로 드러나 보였다.

"공께서 이렁저렁 분망하심에 여기까지 찾아주심도 황공하옵고, 이양선 침공으로 상심이 크실 텐데 저로서는 직무에 소홀하여 몸 둘 바를 모르겠습니다."

이공은 김형수 앞으로 고개를 숙였다. 그는 깍듯이 예를 표하면서 윗사람에게 공경하는 태도를 보였다.

"장군께서 하실 일을 내가 곧바로 경솔하게 처

리한 것 같소이다. 저 이양선 선원들과 싸움은 저들의 귀추를 파악해보면서 시작해도 좋을 듯하고, 또한 저들의 태도가 우리와 싸움을 하려는 의도는 없어 보였으니 그리 이해하소⋯."

"잘하셨군요. 별군들의 반응이 어떠하던가요?"

이공이 가래 끓는 소리를 몰아쉬면서 벽으로 돌아서서 캘럭캘럭 기침을 토해냈다. 그는 잠시 탁자 위에 마른 수건을 가져다 입가를 훔치곤 머쓱해했다.

"죄송했습니다. 이 고뿔이 섬 전체에 퍼지기 전에 무슨 예방조치가 있어야 할 텐데 걱정입니다."

"걱정 마시오. 내 조금 전에 이양선 선장으로부터 감기약을 받아 여기 지참하고 왔소. 어서 드시고 쾌차해야만 하오. 시국이 시국인 만큼 곧 목사께서 행차하시면 바로 대면하실 텐데 어서 쾌차하시기 바라오."

"정말 이 약이 그렇게 신효하다는 겝니까?"

"영길리국에서 신문명으로 개발한 것이라 하니 효과를 믿어도 될 것 같소. 어서 하나 드셔보시지요."

 이때 댕댕이 덩굴로 짠 쟁반에 대추와 생강을 넣어 다린 찻주전자를 든 여인이 조신한 몸가짐으로 들어왔다. 감색 치마와 진한 보라색 성근 아홉새 베옷 저고리에 트레머리를 고이 엮어 올린 단정한 차림이었다.

 "제 여식이온데, 과년한데 아직 출가도 못 한 처지라…. 우후 어른께서 어디 적당한 혼처가 있으시면 해서 오늘 어르신께 면상을 보이고자…."

 "허허, 저런 귀출한 따님이 있으셨군요. 이왕 나온 김에 여기 함께 오신 점촌장이면 아주 좋은 혼처가 될 것 같소이다. 촌장 어른 그릇 만드는 솜씨라면 항차 왕실과도 인연이 닿을 듯하오마는…. 어허, 따님은 부끄러워하지 말아요."

 김형수는 자신이 수사 이공한테 좋은 생각으로 사윗감을 소개했다는 생각에 그만 껄껄껄 파안대소했다. 그가 웃는 소리가 연봉정의 만발한 백일홍을 넘어 객사 밖으로 새어 나왔다.

 수군우후 수군장인 이공은 먹을 갈았다. 점촌장

의 실력을 시험해보고 싶었다. 듣기로는, 점촌장은 나이 서른이 되도록 총각 신세로 아직 장가를 들지 않았다고 파악되어 있었다.

점촌장 신 씨는 불가마를 열고 도자기를 굽는 그의 신분이 의문이었다. 전직 수사가 그를 받아들였다는 사실을 확인한 바는 없었다. 그러나 그의 시와 글씨는 벌써 어떤 경지를 넘어 과거를 치르고도 남을 실력이었다.

수사 이경은 점촌장 신 씨가 자신을 찾아온 까닭을 낮은 소리로 물었다.

"귀공께서 저를 찾아온 이유가 있으실 텐데 우후께서도 임석하셨으니 아예 말씀해보시지요."

점촌장이 머뭇거리면서 우후와 수사 이경의 얼굴을 훑었다. 저들의 마음과 태도를 사전에 파악하려는 의도였다.

"한미한 제가 어른들이 회합하셨다기에 외람되이 제 생각을 표출하고자 찾아뵈었습니다. 다름이 아니고 이양선이 원산진에 온 사건은 상부에서 판단하시어 결정할 사안이겠습니다만, 원산진에서 사는 촌사람인 백성으로서 소견을 상주하고자 찾아왔습니다."

"아, 긴 서설을 줄이고 짧게 요약해보시구려."

수사 이경이 점촌장에게 독촉했다.

"원산진에 이양선이 국법을 어기고 침탈했다는 여론이 분분한 소식을 들었습니다. 저로서는 저들의 입국이 단순히 침략의 뜻을 지닌 상선이 아닌 듯하니 어른들께서 너그러운 마음으로 저들과 선린교제와 서양의 문물을 교류하심을 청허해 주십사 찾아뵈었습니다. 저의 뜻을 전해드렸으니 여기에서 두 어른을 뵈온 인연을 아주 귀한 시간으로 알고 저는 물러나가고자 합니다."

점촌장 신 씨가 나가면서 한마디 덧붙였다.

"녹도에 가면 청나라 말을 하는 역사(譯師)가 있습니다. 그분이면 영길리 말도 능통하실 것이오니 큰 배를 타고 온 저들과 의사를 나누시려면 그분이 아주 중요한 인물이옵니다."

점촌장이 수군우후와 수사에게 공손한 인사를 드리고 객사를 뒷걸음질로 나섰다. 그가 나서는 담장 가에서 바닷바람이 서걱거리면서 몸을 비비는 신우대 소리가 시원했다.

참새와 붕새

수군우후의 장계를 받아 든 원산진 별장 조성달은 눈앞이 캄캄했다. 녹도에 살고 있는 청나라 역관이었던 양 처사(處士)를 초치해 오라는 명령을 전달받았기 때문이다.

일반 범죄인이나 멧돼지 같은 호송이라면 바람도 쐴 겸 이웃 섬을 돌아보는 거동은 꽤 낭만적일 수도 있다. 그런데 양 처사는 올해 아흔셋이나 된 문무를 겸비한 극 노인이었다. 그런 노인을 배에 승선하여 모신다는 것은 계란 꾸러미를 둘러메고 징검다리를 건너뛰는 것처럼 위험천만한 일이었다. 실행하지 못하면 별장으로서는 변명도 필요 없다.

수직의 책무가 엄해 선뜻 나서지 못해 전전긍긍

하고 있는 찰나였다. 동행할 수군들이 배가 출항한다면서,

"어서 승선하시랍니다."라고 기어드는 소리로 아뢰었다. 별장은 아무래도 맨정신으로 녹도에 들어가기에는 자신의 책임이 중하다고 생각했다. 어차피 태산 같은 책임을 걸머질 일이라면 자신이 즐겨 하는 술이라도 얼얼하게 몇 잔 들이켜고 죽는 것이 낫겠다 싶어 뱃턱 주막 안으로 들어섰다. 버릇대로 마른 기침을 하면서 들어서는데, 놀란 주막의 서천댁이 밀창을 열어젖히면서 빼꼼히 얼굴을 내밀었다.

"별장께서는 이른 아침부터 어딜 가시기에 이렇게 납시셨을까요?"

서천댁은 입가에 웃음을 머금고 헤적거리는 투로 말했다.

"게 술이 있으면 한잔 주시게."

"호호호, 별장님이 미리 연락을 하셨어야지, 허가 없는 술이 아침부터 샘솟는가유?"

"없으면 됐다. 이따가 녹도에서 나오면 한잔하

고 싶으니께 꿩 다리라도 준비해놓으시게."

별장은 으름장 같은 말을 뱉어놓았다.

"예예, 누구 말씀이신데 거역하겠습니까. 그런데 녹도에 어쩐 일로 아침 일찌감치 행발하시나유?"

"자네가 알면 큰일이니 입 다물고, 꼭 미리 술이나 장만해놓으시게."

별장 조성달이 엄포를 놓으며 서천댁을 향해 혀를 벌름 내밀었다. 상것들이나 하는 짓이 천박스러웠다.

서천댁은 주막녀로, 원산진에 어떤 연고로 들어왔는지 아는 이가 드물었다. 들려오는 소문에 초시를 치른 서방이 관가에 끌려가 주검으로 돌아오자 핏덩이 셋을 데리고 섬으로 찾아들었다는 게 전부였다.

그녀는 주막집에서 술이나 파는 팔자가 아닌 것이 분명해 보였다. 그가 돋보이는 까닭은 황진이의 시구를 나불나불 들먹이고 백거이 행장을 구구단 외우듯 했기 때문이다.

주막집의 여인네로서는 행태가 도대체 어울리지 않는 장단이었다. 주막집 과부라 하여 이놈 저놈이 돈주머니를 흔들어도 들어먹지 않는 여자라는 것을 별장도 어림짐작하고 있었다.

원산진 주막의 제1인자로는 물론 진사가 있다. 그 위에 수사가 있지만, 그는 이따금 순시차 홍주목에서 오는 별관이었다. 이렇게 계급별로 구분하면, 진사는 여색이라 하면 벌레 마주친 아낙네처럼 손을 홰홰 내저었다. 그러니 자연 서천댁은 임자 없는 개똥참외였다. 그러나 그녀는 조성달이 가까이할수록 요리조리 핑계를 대고 뒷날을 약속하자고 언죽번죽 핑계를 댔다.

오늘 저녁에도 저년의 치맛자락을 움켜쥐면 될 일이라고 별장은 혼자 속으로 야무진 자신만의 꿈을 꾸고 있다. 세상의 계집이란 돈 앞에 등을 돌릴 수 없을뿐더러, 사내의 단내 나는 콧김에 태산 같은 속곳도 끝내 자신의 것이 될 것이라는 생각이었다.

"별장님, 어서 배에 오르시지요."

패랭이 차림의 수졸이 위압에 눌려 출항해야 함

을 알렸다.

"야, 이놈들아! 쌍것들은 눈치가 움쎄. 자칫 잘못되면, 오늘 칼날 같은 수군우후의 명령에 실패허면 모조리 모가지조차 바닷물에 헹궈 나갈 판이다. 허긴 천한 것들이나 내 신세가 수군우후 영감의 한마디에 달렸다만, 죽을 때 죽더라도 갔다 와서 술이나 퍼마시고 가야겠다. 요놈들아, 참새가 붕새의 마음을 알 턱이 있나."

별장은 서천댁에 미련을 두고 허청허청 연락선에 올랐다. 시원한 바닷바람에 그만 정신이 퍼뜩 들었다.

아흔이 넘은 양 처사는 홍주목 내에서 나이가 가장 많은 노인이라고 했다. 그러나 그는 청나라 사람이었다. 그가 청나라 역관으로서 조선에 사신으로 수십 차례 오간 경력이 있어 조선에 정승 판서 인맥이 대단하다고 했다. 조선에 정착하게 된 사건은 홍주목사의 주청으로 왕실에서 그의 특별 공로를 인정하여 특례를 베풀었다고 전하고 있다.

임금께서는 역관 재임 기간에 외교로써 조선에

서 끌려간 환향녀를 귀국시켰던 공로와, 그의 나이를 감안하여 명예직인 정삼품 통정대부(通政大夫)를 내리고 녹도에서 살도록 배려했다고 알려져 있다.

그는 한어(漢語), 몽고어, 조선어, 안남어*까지 여러 나라의 말을 주고받을 실력자라고 했다. 이에 조선에 낯선 손님이나 이양선을 맞이할 때 약방의 감초처럼 초치되어 의사소통을 이루는 중요한 인물로 대우받는 어른이었다.

그가 조선으로 망명하면 중요한 요직을 마련해 주려 했지만, 자신은 처사로서 고향 냄새가 찐한 청나라와 비슷한 섬에서 살겠노라며 극구 사양을 했다. 더러 별장이 처사에게 전할 생일 하례품을 들고 왔지만, 연거푸 반려했다. 그다음부터는 누구든지 예물을 들고 나서면 으름장을 놓아 문전에 발을 붙이지 못하게 했다는 통발을 접했다.

아무튼 양 처사 모시기는 별장의 수완을 발휘할 기회였다. 하지만 조성달은 언변이 부족하고 생김

---

* 베트남어.

새가 여우 주둥이를 닮아서 첫인상부터 좋잖은 기미로 작용하면 큰일이었다.

수군우후는 백성들에게는 봄바람처럼 대하지만, 수족들한테는 추상같은 벌칙을 감행했다. 심지어는 지난봄에 헛소문을 퍼뜨렸다는 수졸에게 징계를 내렸는데, 입에 담기조차 어려운 심한 체벌을 가했었다. 그것은 옛 문헌에서도 볼 수 없었던 체형으로, 마침내 수졸의 왼쪽 귀를 잘라버린 '반란' 사건에도 모범을 보인 듯했다.

이런 잔인한 데가 있는 수군우후는 마치 우리 속에 갇힌 사자처럼 무서운 존재로 등극을 했다. 이후 조선의 수군들은 우후의 기침 소리만 들어도 졸아드는 상황이었다.

그러니 오늘 별장으로서는 양 처사 모시기는 염라대왕을 동젯날 마을 사람들 앞으로 모시는 것처럼 무섭고 무서운 임무였다. 하지만 일이 잘 이루어지면 홍주목 내직(內職)으로 선임될 기회일 수도 있었다.

뱃전에 오르니 양 처사가 지었다는 시 한 수가

떠올랐다.

> 청산도 눈앞에 두고 절로 절로 눈물짓네
> 오호라, 태어난 데 이 집 저 집 동무 생각
> 달 밝고 파도 소리 깊어지면
> 이별 없는 세상을 꿈꾸다가
> 섬이라 하지마는 가고 싶은 청산아 대답하라

사람이 사는 세상은 고향이 요람이다. 고향이 천국이고, 고향은 꿈을 잉태하는 그리움이다. 고향을 떠나 타향에 와서 삶의 터전을 유유자적 가꾼들 그것 또한 유배지나 마찬가지이다.

사람은 모두 타향에 와서 출세한들 그들 마음속에 숨겨둔 그리움이 고향이다. 그리움으로 새로운 고향을 만들려면 내가 죽고, 또 아들이 죽고, 또 손자가 죽어야 비로소 고향이 된다. 고향은 삼대(三代)의 묘지가 존재해야 고향이란 생각에 별장은 갑자기 목이 말랐다.

"별장 어른, 배가 지금 지나는 곳이 비인도(庇仁

島)입니다. 비인도에는 인간으로서 존숭되어야 할 사건이 있는 섬인데, 혹시 유래를 들으셨는지요?"

수행원이 삼지창을 들어 비인도를 가리키면서 별장에게 건성으로 아뢰었다.

"무슨 본받을 만한 야담이라도 있던가?"

"시생이 아뢰고자 하는 것은 상것들이라 하더라도 만인의 귀감이 될 만한 이야기입니다. 이 섬에 안 주사(安住事)라는 사람이 살았는데 궁하기가 삼남 섬 중에 제일 가난했답니다. 행수 한 형제가 형은 상촌에, 동생은 하촌에 살고 있었는데, 동생은 추수를 한 다음, 형님이 부모님을 모시고 공경하며 조상들의 제사를 지내야 하는 처지를 생각해서 볏단을 지게에 지고 돌다리를 건너 형네 집으로 향하는 시각, 형은 이제 살림을 갓 시작해서 생활이 어려울 동생을 생각해서 볏단을 지게에 지고 돌다리를 건너가다가 만났답니다. 그렇게 아주 우애가 좋고 효심이 강한 의좋은 형제가 살았다는 섬입니다.

효심이 세상에 알려지고 난 뒤에 비인도는 큰 섬이 갈라져 두 개로 나뉘었다고 해요. 이후 형제섬을 나랏님께서 '의좋은 형제섬'으로 불렀다는 이야기가 전하고 있습니다.

그런데 이 섬에 수령이 부임해 온 후 혹세(酷稅)를 물려 섬 주민들이 반란을 일으킨 곳으로, 누구도 이곳에 부임하면 1년을 못 채우고 죽거나 다쳐서, 비인간적인 섬이라 하여 '비인도'로 불린다고 합니다."

수졸이 이런 말을 꺼낸 까닭이 있었다. 서해안 섬마다 별장들이 부임하면 민정보다는 어떻게 하면 생물거래에 가혹한 세금을 물릴까 하여 곡물과 소금에 자세한 거래서를 요구했다. 이는 제사보다 젯밥에 눈이 어둡기 때문에 들으라는 의미가 숨어 있었다.

섬에는 섬마다 땅에 묻힌 보물이 있었다. 보석류인 '예석'도 있고 '오석'도 있다. 그런가 하면 '황석'도 있어 청나라에서 대거 공납을 요구하기도 했다. 이런 처지를 감안하여 섬 주민들은 땅에 묻힌 광물을 쉬쉬하면서 숨겨왔다.

만약 별장들이 이런 것에 맛을 들이면 이를 캐

내는 데 숱한 노역을 감당하는 것을 감안해서 모두들 숨기고 있었다.

"자네는 수졸이라면서 문견(聞見)이 그리 풍부한가?"

"삼남 행로에 천안 삼거리 책전에서 떡장수 하다가 별장님의 사주(四柱)를 봤었습니다."

"그래서 뽑혀 왔구먼."

"아닙니다. 신새벽에 마차 타고 홍주목까지는 왔고요. 홍주목 효자촌에서 별장에게 끌려 여기까지 왔습니다만, 저는 육지로 가면 체포되어 곧장 이겁니다."

수졸이 목에다 손바닥을 옆으로 대고 칼로 목을 긋는 시늉을 했다.

"왜, 누가 죽인다고 해?"

"광천 오서산 땅에 금맥 줄기를 알아냈으니께 발설하면 이 모가지는 끝장입니다."

수졸의 객담에 지루하지 않게, 원산진 별장은 점심 무렵이 지나서 녹도항에 조용히 닻을 내렸다.

청나라 역관 망명의 전말

원산진 별장 조성달은 녹도의 이리 떼처럼 달려나온 수졸들의 안내를 받아야 했다. 당집은 섬의 중간에 있는 용수산(龍水山)이었다. 고려 말에 사람이 살다가 조정에서 무인도로 지정된 곳이었다가 다시 20년이 지나 사람이 사는 섬이라고 전해 왔다.

백 길*이나 되는 곳에 양 처사가 사는 거처가 있었다. 보잘것없어, 집이라고 하기에는 죄스러웠다. 수졸 셋이서 앞장을 섰다. 억새풀이 사람의 키 높이로 웃자라, 오가는 사람의 정체가 풀숲에 가려

* 길이의 단위로, 한 길은 약 2.4~3미터.

보이지 않았다. 이런 곳에 사람이 산다는 것이 신기했다.

수졸이 풀 섶으로 다가서자 웬 도둑 떼가 나타난 것처럼, 검정 삽살개 두 마리가 기다렸다는 듯이 달려 나왔다. 요란하게 짖어대는 개는 금방 물어뜯을 기세로 으르렁거렸다. 수졸들이 무참하게 뒷걸음질을 쳤다.

개는 더욱 요란하게 짖어가면서 수졸들 앞으로 접근해 왔다. 앞장서서 걷던 수졸이 들고 있던 삼지창을 개를 향해 휘둘렀다. 이윽고 개는 겁을 먹고 이를 드러내며 뒷걸음질을 치며 으르렁거렸다. 그러더니 한 개가 삼지창을 든 수졸의 허리 위로 펄떡 뛰어올랐다. 놀란 수졸이 뒷걸음질을 쳤다.

이때 풀 섶에서 마흔 살쯤으로 보이는 턱수염의 사내가 허름한 옷차림으로 개를 진정시키면서 얼굴을 내밀었다. 그는 사납게 으르렁거리는 개를 어루만지면서 수졸들에게 안심하라는 듯이 손을 내저었다.

"요 녀석들이 사납긴 하지만 영리한 구석이 있

어 사람을 향해 공격까진 않습니다. 이렇게 요란하게 짖는 개는 해치지 않는 한, 절대로 사람을 물지 않거든요. 그런데 어인 일로 산당에 출사를 하셨습니까?"

"원산진에서 수군우후의 첩지를 가지고 왔습니다. 수군우후께서 장계를 여기에…, 처사님께서 좀 납셔달라는…."

별장이 손에 쥔 당지를 펼쳐 들어 보였다. 이를 받아 든 사내가 물었다.

"무슨 이양선이 나타났다더니 필시 일이 벌어졌군요. 별군 어른은 잠시나마 이 나무 밑에서 땀을 들이시고 계셔요. 내가 아버님께 출입 승낙을 얻어 보겠습니다만…, 아버님도 이제 백수가 가까우신 데다, 어지럼증으로 외출을 하시기가 좀…."

사내는 머리를 갸웃거렸다. 반신반의하면서 떳집 세 채가 옹기종기 붙어 있는 곳으로 느릿느릿 걸음을 옮겼다. 그는 의복은 초라해 보였지만 여유 있는 선비 걸음이었다. 별장은 이곳 용수산 산당을 제외하곤 녹도에 여러 차례 순별을 돌았지만, 이 산당

청나라 역관 망명의 전말   169

처사 댁은 처음 예방한 셈이었다.

한참 후 사내는 코를 훌쩍이면서 별장 일행을 안내했다, 안내된 산당 곁에 움막처럼 갈대를 두른 집 안으로 조성달을 들어가게 했다. 양 처사가 거주하는 집이라기보다는 밀폐된 유배지의 옹색한 공간처럼 보였다. 조성달 눈에는 '정삼품의 통정대부'라는 관직은 생색내기처럼 읽혔다. 그래도 자녀와 함께 바다 건너 청나라 고향을 생각하면서 척박한 삶을 사는 것 같았다.

별장이 안내된 방 안으로 들어서자 손오공처럼 생긴 탱화 그림을 배경으로 처사가 장기판 앞에 앉아 있었다. 별장은 허리를 굽히고 큰절을 올렸다. 나이가 백수 가까이 되었고, 통정대부 작위를 지닌 노인에게 드리는 절대 공경의 태도였다.

별장이란, 유인도 섬에서 백성들의 안위보다 자신의 권세를 내놓고 막보기를 행하는 별감이기도 했다. 조선에서 일어났던 반란이란 거의가 조정의 세금 징수와 가축이나, 여식을 후려 감으로 일어난 사건들이었다. 별장이나 향리의 아전들이 설치는 곳에는 언제나 원성이 높게 마련이었다.

"통정대부 어른을 알현함이 영광이옵니다. 수군 우후의 장계를 받들어 예까지 지체 높은 어른을 뵙고자 왔습니다."

별장이 머리를 조아렸다. 혹시나 양 처사의 마음을 호의적으로 돌리려는 심지를 내심 감추고 있었다.

양 처사는 아흔셋의 나이답잖게 카랑카랑한 말씨로 어디에서 소문을 염탐한 것처럼 이양선의 출현, 몽금포에서 쫓겨온 내력, 시체를 유기한 사건 등을 낱낱이 열거했다.

양 처사는 머리를 길게 길러 쌍갈래 머리였다. 분명 그는 도사처럼 보였다. 그는 나이에 비해 눈빛이 유리알처럼 맑았다. 투시력이 강해서 마주 바라보기가 자못 불편할 정도였다.

"바라보기 힘들면 쥘부채로라도 얼굴을 가리고 담소하게나."

별장은 문관 별시에 응시하여 옆자리 선비가 중언부언 지껄이던 옛일이 퍼뜩 떠올랐다. 구봉 송익

필이 좌경천리를 익히 예감하고 있듯이 양 처사도 별장이 찾아온 내력을 변산반도 조기 두름 엮듯이 모두 꿰고 있었다. 신묘한 일이었다. 도학이나 성리학을 통달했지만, 점쟁이처럼 알아맞힌다는 일은 놀라운 신통력이었다.

"별장, 자네가 찾아온 이유를 익히 알고 있다네. 수군우후가 내게 청한 일은 고맙게 생각한다네. 하지만 이제 나도 나이가 들어 걷거나 배를 타면 어지럼증이 심해서 나갈 수가 없다네. 자네가 수군우후께 내 뜻을 곡진하게 전해주게나. 사람이 사는 데 서로가 조력하는 일은 명심에 명심을 거듭해도 모자람이 없을 일이라오."

"결국은 내왕하실 수가 없다는 말씀이신데, 그럼 저는 이만 하직 인사를 드리겠나이다."

"아니, 아직 내 말이 끝난 것이 아니라네. 듣고 나서 천천히 답해도 될 일인데, 쯔쯧쯔…. 별장 자리를 장기내기 했던 것처럼 수임된 것은 설마 아니겠지?"

"예, 그런 것은 아니나 제가 조바심이 생겼기

에…, 더 해명할 면목 없습니다."

"내가 가지 못해 내 자식놈을 파송하니, 저 애가 나보다는 역관으로서 자질과 실력도 겸비했으니, 대장간 식칼처럼 맺고 끊는 소견에는 나보다 못하다면 서러워할 걸세. 허허, 부자간 역관으로서 어등비등해서 내 경쟁자라네. 내가 내일 곧 눈을 감더라도 저 애를 나처럼 귀애하게나. 난세에 역관은 충신이라잖나? 자~ 어서 행발하게나. 지금 바로 홍주목사께서 임지에서 출사하셨구먼…."

별장은 드디어 일이 해결되었다는 생각에 마음이 놓였다. 마치 천군만마를 얻은 듯 기뻐서 뱃전을 향해 소리를 질렀다.

"아그들아, 어여 서둘러서 돛을 올려라. 홍주목사께서 행차하셨단다. 어서 가자꾸나."

별장의 당당하고 우렁찬 목소리가 뱃전을 울렸다. 하지만 별장은 양 처사를 뵙고 나온 당집이 뇌리에 뱅뱅 돌았다. 용수산 당집은 오래전부터 섬마을의 안녕과 평화를 기원하는 장소였다. 이곳은 양 처사가 자기의 고향 섬마을과 닮은 듯하다고 하여 주거지로 선택하였다고 한다.

    섬은 좌우로 당집을 감싸고 있고 좌우 작은 구릉들이 굽이굽이 양쪽 다 같이 이어져 이른바 칠공산(七公山)이라 했다.

    발밑에 남쪽으로는 낭떠러지지만 푸른 바다가 사철 하얀 이를 드러내놓고 철썩거렸다. 바다의 풍수로 헤아린다면 수산(秀山)에 이른다.

    양 처사 당집 마당에는 두 평 크기의 현무암 평평한 넓적바위가 세 개(천·지·인) 펼쳐져 있었다. 마치 바위의 형상이 선비의 도포자락처럼 펼쳐져 있어 산과 바다와 하늘을 바라보면 처사나 도인의 집으로 그럴싸해 보였다.

    양 처사는 자기 식구들의 안녕을 바라기 위해 이곳을 택한 처신을 하늘님만이 아신다는 천주 신앙을 가지고 있어 신기한 느낌이었다.

    그의 사상을 요약하면 사해일경(四海一境) 세계 평화를 이룩하기 위한 것이라고 말했다. 그의 설법을 듣고 나니 마치 어둠을 밝히는 선각자를 꿈속에서 잠시 만나고 나오는 것 같았다.

양산박이 용수산 살다

양 처사의 예언력이나 도력(道力)은 청나라 사대부들 사회에서 알려진 공공연한 비밀이었다. 그러므로 청나라 사신들이 오갈 때마다 양 처사 부자(父子)를 되돌려 보내라고 강력히 요구를 해 오곤 했다.

그러나 조선 조정에서도 양 처사의 가치는 대우가 천정부지임을 간파하고 있었다. 양 처사는 한어(漢語), 베트남어, 조선어, 인도네시아어, 태국어, 영길리어까지 통달한 천재였다. 그러한 귀인(貴人)이 망명으로 들어온 처지였다. 그런 그를 청나라에 보낸다는 것은 국제 협약상 상례가 없는 일이었다.

청나라에서는 이런 사안을 빤히 알면서도 사흘

간 젖을 굶은 애기 보채듯이 졸라대곤 했다. 그러나 조선 조정에서는 지금까지 소이부답(笑而不談)으로 응대해왔다. 그러면서도 청나라 조정은 사사건건 이유를 조작하여 괴롭혔다. 청나라는 한 발 더 디밀어 인신 조공까지 요구했다. 그뿐만이 아니었다. 상국(上國)이라 하여 조선 땅에 임금님 책봉까지 간섭하는 참사를 보냈다.

왜국은 문호 개방을 앞두고 임진왜란, 정유재란으로 호시탐탐 남해를 거쳐 서해 앞바다를 제집 드나들듯 공략해 왔다. 청나라나 왜나라나, 그들은 날강도요 떼강도, 말하자면 하는 짓이 도긴개긴, 피장파장, 백지 반장 차이였다. 이런 강성 대국을 아래위로 마주한 오천 수영에서는 밤낮으로 수방(水防) 훈련을 가열차게 진행했다. 따라서 각 섬의 별장들도 이리저리 좌불안석, 전전긍긍 그냥 수족을 놀릴 수 없는 처지였다.

원산도 별장 조상진은 앞으로 전개될 시국이 내심 걱정이 되었다. 조정에서는 순무사를 보내어 근무 태도를 점검했고, 이양선을 발견 즉시에 우선 축출, 사후 보고하라고 엄중하게 지시했다.

그런데도 수군우후는 마음씨 좋은 아저씨마냥 앞장서서 이양선에 덥석 올라갔다. 그들을 만나고 나서는 마치 조선의 대변인처럼 이제는 우리도 개방 정책을 추진해야만 장차 살아갈 길이 열린다고 역설했다. 이는 정부 방침과 상반되는 개인 주장이었다. 앞으로 수군우후로 인한 파란이 일어날 것이 불 보듯 뻔했다. 조선도 개방과 개혁이 세계적 대세요, 그 흐름에 올라타야만 발전을 이룩함과 동시에 실익을 챙긴다고 주장을 했다.

이는 천주쟁이나 도광(道光)* 신도 주장과 흡사한 생각이라 해도, 시퍼런 칼날 위를 걸으려는 어리석은 자세 같았다. 엄중한 영토 안으로 수군들의 방위망을 무시하고 불법을 자행한 애머스트호를 손님맞이처럼 반겼다. 그는 배 안을 수색하고, 하선 후에는 "우리 마을에 손님이 찾아오면 반갑게 맞이하고 도둑이 오면 쫓아내는 것이 세상 이치인데, 찾아

---

* 베트남어.

온 이양선을 모질게 축출하는 것은 옛날 방식"이라고 변호하듯 수군들 앞에서 강력히 두둔하는 주장을 했다.

"그런데 말씀 중에 죄송합니다만, 조정에서는 이양선이 출현하면 '선 축출' '사후보고'라 하였는데…."

별장이 반문했다.

"무슨 소리, 내가 수군우후인데 자네가 책임지나? 곧 조정에는 내가 문서를 올릴 테니 내 명령에 따르지 않으려거든 지금 당장 별군직을 내려놓게."

원산진의 별장 조상진은 금세 얼굴이 사색이 되었다. 괜스레 수군우후의 명령에 토를 달았는가 싶었다. 그러나 머지않아 홍주목사, 공충감사가 단걸음에 달려온 것은 마침내 크나큰 파장을 일으킬 사태를 유발할 것만 같았다.

이런 사태가 확대되면 일종의 내란이었다. 조정에 보고 없는 수군우후 처사와, 배 위에 승선하여 귀츨라프로부터 받은 감기약, 감자 씨, 그리고 이양선 선원들에게 제공했던 선물과 샘물 등등이 목을 잘릴 죄목이 될 수도 있다.

별장은 눈앞이 캄캄해지자 그만 검푸른 바닷물에 시선을 주었다. 아까 아침에 출항할 무렵의 바다가 잠을 청하듯이 잔잔했는데, 지금 돌아올 때의 바다는 심히 성이 나서 배를 조롱하듯 뒤흔들고 있었다.

원산진 별장은 수군우후가 내뱉은 송곳처럼 뾰족한 지휘관의 소신 있는 말에는 아무런 이유를 붙이고 싶지 않았다. 그는 오래전에 있었던 천주인들 옥사 때의 사건들이 생각났다. 별장은 수군우후와 함께 홍주목에서 야소꾼들의 수직을 관리했던 사실이 뇌리에 두둥실 떠올랐다.

우리도 야소꾼들이 부르짖던 '혁신'이 있어야 수익도 생기고 개명된 문화가 열린다고 누가 듣거나 말거나 말했다. 아마도 수군우후도 천주교 야소꾼 무리에게 물이 든 것은 아닌가 싶었다.

"원산진에 이양선을 눈여겨보셨소?"

양 처사 아들은 칼수염을 쓰다듬으면서 별장에게 물었다. 그는 청나라 사람인데도 아버지에게 배운 조선 말을 유창하게 구사했다. 그가 사용하는 말씨는 어느 한구석도 청나라 사람 같지가 않았다. 역관이었던 아버지 양 처사로부터 배운 실력인 것 같았다. 이를테면 부전자전이었다.

세상 사는 데 물질도 중요하다. 또 이웃도 소중하지만, 언어 소통은 사람을 행복하게 만드는 마력이 잠재해 있다. 이러기 위하여 역관이 필요했다.

"처음 본 병장기인 대포와 중포, 소포, 연발소총, 옷감, 망원경 등 온통 잡동사니, 즉 '만물상'이더라구요."

"그게 개방된 뒤에 온 교역 상품인데 문제는…."

양 처사 아들은 말끝을 흐렸다. 무슨 말인가 하다가 멈춘 듯했다.

"무슨 짚이시는 것이 있으신지요? 기왕 하실 말씀이 있으신 것 같은데요."

"말해보았자 이미 떨어진 홍시감이야. 홍시가 소똥 위에 떨어졌어. 구경하다가 침을 흘리고 돌아서는 꼴인데…, 아버님 당부로 내가 원산진엘 오긴 왔지만, 앞으로 닥칠 파도가 심한 정도가 아냐. 살다 살다 정치와 관가의 정승, 대감, 별감 층층이 오뉴월 서리 맞은 고춧잎이로군. 정치에는 중립이 없어. 모두가 내 편 네 편인데…."

"누굴 두고 하시는 말씀이신가요?"

별장 조성진이 누굴 지목하는지가 궁금했다. 자신의 앞날을 예고하는가 싶어 겁이 났다.

"누구긴 누구야. 잔챙이들은 그저 종이나 마찬가지니 혼쭐이나 몽둥이찜질에 그칠 일이지만…."

양 처사 아들은 뭔가 숨기고 있는 것이 있었다. 박수나 무당에게는 '복채'라는 명분의 지폐나 은전(銀錢)을 화끈하게 내밀면 좌우간에 발설하지만, 양 처사 아들은 아버지를 닮아 초연한 삶으로 심신을 다진 사람으로만 보였다.

"자, 별장어른. 우리 통성명이나 합시다. 이왕 나섰으니 별장 양반이 나를 데려오고 데려가는 것도 인연일 텐데…."

"저는 조가입니다. 한양 조가인데 시조가 청나라 낙양이랍니다. 이름은 성진이고요."

"허허, 낙양 조씨라 하면 조조 선생 닮았겠군. 잔

꾀가 많으면 신세가 많이 고단혀…."

양 처사의 아들이 혼잣소리로 말하면서 자신을 소개했다.

"난 양산박이요. 산에 사는 박, 흥부의 박이어야 홍복을 누리는데 양산박은 팔자가 뒤웅박처럼 흔들리면서 사는 거요. 이것도 천부께서 부여한 필연적 계시 아니면 운명이란 것인데, 피할 수 없는 게지요."

조성진은 너털웃음을 웃었지만, 별장의 운명을 예시하는 것 같아 껍껍했다. 아니 불안했다. 수군우후로 말미암아 자신의 목숨이 칼날에 피할 수 없을지도 모를 일이었다.

갑자기 식구들이 보고 싶어졌다. 늦게 얻은 아들이 올해 겨우 일곱 살이다. 그 어린것에게 애비 노릇을 못 하고 세상을 떠날지도 모른다는 예감에 오금이 저려왔다.

'수군우후, 일이 벌어지기 전에 뒷등에다 쇠꼬챙이를 박아버릴까?' 조성진은 엉뚱한 생각에 그만 몸을 떨었다. 수군우후가 넘겨준 감기약과 단추 한

알이 자신에게 올가미가 될지도 모른다는 생각에 그만 몸서리를 쳤다.

홍주목사 앞에서 부젓가락으로 지짐을 당했던 야소꾼들의 일그러진 비명이 떠올랐다.

"자, 원산진에 도착했습니다. 어여 내리실 준비를 하세요."

사공이 별장과 양산박을 향해 우렁찬 음성과 더불어 부두의 쇠말뚝을 향해 삼겹 줄을 잽싸게 던졌다.

죄와 벌

○

　로드 애머스트호는 언제 수군우후의 하선 명령이 있었는지 선원들이 바닷가에 나와 여기저기에서 웃고 떠들어댔다. 선원들도 배에서 지루한 장마와 더불어 선실에 갇혀 지냈으니, 육지나 마찬가지인 원산도 섬에서 즐거운 오후를 지내는 모습이었다.

　목선에서 내린 별장은 아무래도 상부의 허가 조건도 없이 이양선에서 하선한 선원들을 보자 움칫 놀랐다. 목숨을 내놓고 벌이는 장난이 아닌 이상 수군우후의 한계를 넘어선 월권으로 비쳤다.

　이미 일은 벌어진 사건으로, 누군가 유배를 떠나거나 불같은 파직 명령이 곧 떨어질 것 같았다.

이때 진광수라는 사람이 숨넘어갈 듯한 목소리로 귀츨라프를 연거푸 불러댔다. 필시 무슨 사건이 벌어진 것처럼 진광수는 가쁜 숨을 몰아쉬었다.

"뭐야? 왜 자꾸 귀츨라프를 불러?"

함장이 놀란 음성으로 되물었다.

"저기 바닷가에서 조개를 캐던 조선 아가씨가 바닷가에서 뱀에 물렸다는데, 어서 귀츨라프에게 연락 좀 해달랍니다. 시간이 늦으면 목숨이 위험할 것 같습니다."

별장에게는 주민들에게 뱀에 물리지 않도록 조심하라는 사전 고지(告知)를 하지 못한 것도 자신의 책임이었다.

여름철의 뱀은 한창 독이 올라 있으므로 농어촌 사람들에게는 늘 위협적인 사건을 유발했다. 더구나 의료시설이 부족한 원산도에서는 간이 의료시설도 없었다. 딱한 입장에 외국 손님 앞에서 이런 일이 벌어지리라곤 미처 생각지 못했다.

진광수의 외침에 귀츨라프는 구급상자를 들고 도자촌 가마 앞으로 달려 나왔다. 아무리 유명한 의

사라도 뱀에게 물린 시간이 경과되면 이는 불행한 일이 벌어지게 되어 있다.

진광수의 뒤를 따라온 귀츨라프를 보자, 열여섯쯤으로 보이는 소녀는 뱀에 물린 다리를 가리켰다. 귀츨라프가 지혈대를 꺼내기 전에 진광수가 얼른 여자의 종아리를 향해 머리를 숙였다. 그러곤 뱀에게 물린 상처를 입으로 빨아서 뱉어냈다. 그렇게 여러 번 물린 곳의 피를 빨아냈다. 순간적인 동작이었다.

귀츨라프도 주사기를 여인의 팔뚝에 꽂았다. 모두가 번개처럼 자행된 처방이었다. 신기한 일이었다. 누구의 말처럼 번갯불에 콩을 구워 먹을 그런 짧은 순간이었다.

별장으로서는 귀츨라프의 미더운 의술과 헌신적인 진광수의 발 빠른 움직임이 예사롭지 않게 보였다. 이 일은 발 없는 소문으로 원산진 주민들의 입을 통하여 섬마을 여기저기로 전해졌다. 주민들은 불행 중 다행이라고 칭찬이 자자했다.

사람이 살다 보면 일이 꼬여서 엎친 데 덮치는

일도 본의 아니게 발생하는 것이 세상일이다.

귀츨라프는 '창세기'에 나오는, 뱀은 '인간의 영원한 원수가 되리라' 했음을 생각해냈다. 뱀, 그렇다, 인간의 원수다. 재산에 탐을 내면 구렁이가 되고, 여자에게 탐을 내면 상사뱀이 된다고 어느 책에서 읽은 바가 있다. 프랑스의 R 케고르는 뱀에 물리면 얼마나 고통을 당해야 하는가. 뱀한테 물려본 사람이 아니면 모른다고 실토했다.

아전의 딸 수경이 뱀한테 물린 지도 사흘이 지났다. 아무런 이상이 없다고 귀츨라프가 진단을 내렸다. 기적이라 했다. 마을이 생긴 이래 이런 사례는 처음이었다. 오죽하면 사악한 인간의 원수라고 성서 창세기에 기록했을까.

진광수는 귀츨라프의 놀라운 의술에도 크나큰 효험이 있다고 생각했다. 그러나 자신의 입으로 처녀의 상처의 독을 빨아내어 제거했을 것이라는 의견을 내세우지는 않았다. 하지만 그날 그 시간의 발빠른 용기와 자긍심을 내심으로 지니고 있었다.

수경의 다리에 상처를 치료하는 과정에서 그녀의 허벅다리를 진광수는 분명히 바라보았다. 그것은 폭력적인 시선이 아니었다. 어쩌다 그녀의 치마를 걷어 올리는 순간이었다. 인간의 다리가 아닌 천사의 흠 없는 다리가 늘씬했다. 그러나 진광수는 그 황홀함에 빠지지 않고 저돌적으로 입술을 가져다 댔다. 순간적인 동작이었다. 그녀의 다리의 따뜻한 온기 속에서 붉은 피가 빨려 나왔다. 얼른 뱉어냈다. 이는 너무나 야릇한 감정 속에 본 여체였다.

자신은 지금까지 쇄골이 녹아버릴 듯한 여인의 몸을 단 한 번도 본 일이 없었다. 그래서 진광수는 당황스러웠다. 마치 그녀의 하얀 허벅지라는 우주의 비밀을 본 것 같아 죄스러웠다. 그런데 오늘 그의 상처가 아문 다리를 걷어 내밀며 보여줄 때 진광수는 눈시울을 글썽거렸다. 저렇게 다리가 아름다운데 저고리 고름으로 굳게 잡아맨 봉긋한 가슴은 얼마나 아름다우랴 싶었다.

진광수는 청나라 객줏집에서 숱한 여자들의 가슴에 손을 넣어보았지만, 실상은 어등비등한 살무

덤이었다. 그런데 수경의 가슴은 목젖에 침을 삼켜야 할 것 같았다. 수경, 조선 여인의 다리만 보았는데도 숨이 막히는 이 상황이 당황스러웠다.

진광수는 귀츨라프와 함께 그녀의 집을 방문했다. 귀츨라프는 혼자서 가겠다고 했지만, 진광수는 왕진 가방을 잡아챘다. 그녀의 집을 묻지도 않고 갈 수 있었다. 붉은 황토밭 가에는 아주까리가 우산처럼 손바닥을 펴 들고 진광수의 발길을 환영하는 것 같았다.

그녀가 살고 있는 아전 댁 삭정이 울타리에는 하늘타리 열매가 오이처럼 주렁주렁, 푸르른 방망이처럼 매달려 있었다.

"계십니까? 어르신 계십니까?"

진광수가 헛기침을 하면서 삽짝문 안으로 얼굴을 디밀었다.

사람의 기척을 알아차린 수경이 살짝 웃으면서 진광수를 바라보곤 머리를 숙였다. 웃는 그의 얼굴에 보조개가 살짝 파였다.

'아, 나는 여기 조선 땅에서 수경이하고 살고

싶다.'

진광수는 이렇게 큰소리로 외치고 싶었다. 그러나 그녀가 자신을 받아줄 것 같지가 않았다. 만약 받아준다면 영길리국에서 배우고 본 농사짓는 법을 가르쳐주고 싶었다. 그러면 조선 땅에도 풍부한 농산물이 생산될 것 같았다. 풍요로운 생산은 곧 백성들의 삶을 윤택하게 하는 에너지일 것 같았다.

그러나 수경은 영어를 모를 것이다. 그것은 가르치면 된다. 자신이 타서 저축한 은금도 이 조선 땅에서는 적지 않은 재산이 될 것 같은 생각을 하면서, 그녀의 살짝 웃으면서 드러낸 덧니가 귀엽다고 생각했다.

귀즐라프가 문진(問診)을 마치고 나서 얼마 지나지 않아 애머스트호의 소문이 하루아침에 번지는 옴처럼 마을에 퍼져나갔다. 허리 아픈 이, 다리를 저는 이, 눈병을 앓는 병자, 감기 폐렴 환자가 줄지어, 크고 우람한 애머스트호를 찾는 마을 주민들이 늘어갔다.

귀즐라프는 이들에게 전도지를 나누어 주고 농

사를 효과적으로 지어야 수입이 생긴다고 열심히 체험시켜주었다. 그러나 국법에 외국 채소나 씨앗을 소지하는 것 자체가 엄중하다는 사실을 알기에 쉬쉬했다.

수군우후는 선원들의 선구적 농사 개량법과 염소 기르는 방법, 풀이 효과적으로 자라서 혁신적인 목축업만이 세계와 어깨를 나란히 하는 길이라며 열심히 배우라고 강조하기도 했다.

더러는 국법을 어기다가 변고가 생길지도 모른다고 염려했다. 수군우후와 원산도 별장은 아무래도 공개적인 농법과 초지 조성은 시기상조라, 하나에서 열까지 수군우후와 최종 공충감사의 지시에 따라야 하는 일이기도 했다.

그러나 원산도 주민들은 자신들에게 아무런 해를 입히지 않는 선원들에게 무척 호의적이었다. 함께 음식을 나누고 서로가 자잘한 선물 교환도 했다.

홍주목사, 공충감사는 현장에서 린지 함장과 속 깊은 말을 주고받았다. 여기서는 양 처사의 아들인 양산박의 유창한 청나라 말과 귀츨라프의 도움으로 격의 없는 대화가 이루어졌다. 그러나 홍주목사와 공충감사는 자신들에게 건네진, 국왕께 드리는 통상 교역을 위한 청원서에 대하여는 결정할 수 없다는 점을 확실하게 선을 그었다. 다만 쉽지 않은 계통을 밟아야 함이 용이하지 않다는 점도 이해해 주어야 한다고 단서를 붙였다.

결론적으로 따지고 보면 그다지 희망적인 의견은 아니었다. 하지만 귀츨라프로서는 수경의 치료로 알게 된 지역 주민들에게 꽤 인기 있는 방문이었다. 수군우후와 양산박 부자(父子)에게 곡진한 성경 말씀을 전한 전도문서는 상상 밖의 수확이었다.

그러나 린지 함장은 조선의 개방과 교역은 시기가 아직도 멀다고 판단을 했다.

이처럼 조선의 바다와 육지는 이양선의 출현과 이방인의 출입을 저지하고 있어, 마침내 기도하고 제주 방향으로 뱃머리를 돌렸다. 국왕에게 올린 청원서의 장계는 보름이 지나도 감감무소식이었다.

원산진의 애머스트호에서 마초를 바다에 수장시킨 선원들과 뱀에게 물려 상처가 아문 김수경의 행방은 아는 사람이 없었다. 다만 근거 없는 풍문에는 육지로 도망쳐 보령 땅에서 감자 심고 채소를 가꾸는 행복한 삶을 산다고 했다. 보령 어디에선가 신분을 속이고 귀츨라프의 은혜를 간직한 채 작은 교회에 봉사했다고 전한다. 그러나 귀츨라프가 타고 왔던 로드 애머스트호가 떠난 지 190년이 지났어도 그들에 대해서는 밝혀지지 않았다고 한다.

후에 들려온 소식 1

후에 들려온 소식 2

후일담

참고 문헌

후에 들려온 소식 1

 귀즐라프가 조선 땅 원산도를 떠난 지 한 달 만에 슬픈 소식이 동인도회사에 접수되었다.

 공충감사 홍희근의 장계는, 이양선 배 한 척을 소홀히 한 이재형 수사의 파직과 공충수사, 수군우후 김형수 그리고 홍주목사 이민희가 처벌되었다는 외신(外信)이었다.

 한글이 외국에 처음으로 소개되고 자세한 내용은 생략되었지만 요약하면 다음과 같다.

○ 외국인의 불법 입국에 대한 관리 부실, 영길리국의 사서(私書)를 외교에 이용함에 불합리한 오판.
○ 관리의 선물과 왕실의 예물을 받아 보관한

일은 창졸간의 일이라 하더라도 변방의 상황을 고려하여 이치에 극히 어그러짐을 면할 수 없음.
◦ 외국인을 맞이하여 역관으로 활약한 양산박을 격려할 것.
◦ 마지막으로 이양선 선원 일동에게 특별한 양식 제공과 넉넉한 접대로 화목하게 배려한 점.

후에 들려온 소식 2

　청국의 황제가, 상국으로서 영길리국 상선의 교역을 위한 요청을 거절한 조선 국왕에게 칭찬과 함께 망단 2필, 섬단 2필, 금단 2필, 소단 4필을 방물로써 상으로 제공했다는 사실과, 전교에 없던 사신을 보냈더라는 소식이 동인도회사에 타전되었다.

후일담

    고대도와 원산진 일대에는 귀츨라프 선교사의 신앙 전파와 그의 한글 연구, 그리고 감자 씨 전파, 포도 가꾸기를 전파한 기록물이 고대도 현지 박물관에 있으며, 관외 수많은 유적이 200년 가까운 역사를 안고 있다.

    가히 이 땅의 조선 시대상과 선교의 충혼이 존재한다는 기쁨도 있다.

참고 문헌

권삼승, 《태국 초기 선교사들의 삶과 사역》, 태국선교회, 2022.

김정헌·조원찬, 《홍주의 옛 지명》, 홍성문화원, 2019.

박천홍, 《악령이 출몰하던 조선의 바다》, 현실문화연구, 2008.

보령기독교역사문화선교사업회, 《귀츨라프 학술세미나 자료(1집)》, 2022.

보령기독교역사문화선교사업회, 《귀츨라프 학술세미나 자료(2집)》, 2023.

보령기독교역사문화선교사업회, 《귀츨라프 학술세미나 자료(3집)》, 2024.

셔우드 홀, 김동열 옮김, 《닥터 홀의 조선 회상》, 좋은씨앗, 2003.

신호철, 《귀츨라프 행전》, 양화진선교회, 2009.

신호철·김주창, 《귀츨라프 선교사와 원산도 Q&A》, 양화진, 2018.

신호철·김주창, 《원산도의 귀츨라프 발자취》, 양화진, 2017.

신호철·김주창, 《한국 선교의 파이어니어》, 양화진, 2024.

오현기, 《굿모닝 귀츨라프》, 북코리아, 2014.

오현기, 《귀츨라프 on 고대도》, 북코리아, 2022.

이진호, 《동양을 섬긴 귀츨라프》, 한국감리교회사학회, 1988.

조현옥, 《홍주 천주교 교회사》, 홍성신문사, 2019.

존 로스, 홍경숙 옮김, 《존 로스의 한국사》, 살림출판사, 2010.

최태성·신호철·김주창, 《귀츨라프 선교사의 조선 방문》, 컨콜디아사, 2023.

홍성군청, 《홍주 천년의 역사를 말한다》, 홍성역사박물관, 2013.

홍주성 역사관, 《홍주목사》, 홍성군, 2018.

황의호, 《보령의 섬 지명》, 보령문화원, 2022.

발문

 언제 어디서 누구를 만나느냐에 따라 인생길이 바뀌게 된다. 귀츨라프는 모리슨 목사를 만나면서 그의 인생이 청국을 향한 복음 열정으로 타오르게 된다. 귀한 만남이 아닐 수 없다. 귀츨라프는 복음을 전하기 위하여 많은 준비를 하고, 1832년에 조선 땅을 밟은 첫 개신교 목사요, 선교사이다.

 1천 톤에 이르는 애머스트호를 타고 처음으로 배를 댄 곳은 북한 땅에 있는 몽금포다. 몽금포에서 복음을 전하지 못하고 쫓겨나자, 그들은 이틀이나 남하하여 외연도에 배를 대고 산에 올라 저 멀리 보이는 오서산을 보고 일기로 남겼다. 귀츨라프의 한국 땅 첫 발자국은 외연도에서 시작한다. 홍주목 보령현이었던 보령시 도서(島嶼)들이 대한민국 최초의 선교지로서 그 명성을 이어가야 한다.

    이들은 외연도에서 첫 복음을 전하지 못한 것으로 보인다. 왜냐하면 그곳에는 사람들이 살지 않은 것 같기 때문이다. 당시 조선은, 멀리 있는 섬은 관리가 되지 않아 사람들이 살지 못하게 하는 정책을 펼쳤다. 이들은 다음 날 녹도에 도달했고, 섬에 내려 음식 대접도 받고 문정도 받았다. 이어 불모도를 거쳐 고대도에 이르렀으며, 원산진 수사들의 인도를 받아 최고로 안전하다고 외쳤던 간경 포구에 정박하게 된다.

    그들은 원산도를 다니며 복음을 전하였고, 감자와 포도주 담그는 법도 알려주었으며, 감기약도 처방하여 호응받기도 하였다. 무엇보다도 언어에 뛰어난 천재인 귀츨라프는 양이라는 사람을 통해 한글이 있다는 것을 알았고, 한문 성서인 신천성서를 통해서 주기도문으로 번역하였고, 홍콩으로 돌아가서는 한글을 연구하여 논문으로 발표하였으며, 귀츨라프의 논문을 본 모리슨은 영국에 한글이 있다는 논문을 써서 알리기도 하였다. 귀츨라프의 논문과 모리스의 논문인 '한글에 대한 소견'은 한글을 서양에 알린 최초의 논문이다.

이런 귀츨라프의 여정에 내 마음이 불타오르기 시작하였으며, 보령에 온 귀츨라프를 소개하여야 하겠다는 염원이 자리 잡게 되었다.

2024년 11월에 박상용 예전(藝田) 문화창고 박물관 관장을 방문하여 만나고 나오는 길에, 이재인 교수님이 예전 박물관을 방문하겠다는 전화에 내게 "이재인 교수님을 아느냐?"라고 하기에 이름만 들었다고 하였더니, 지금 오고 계신데 만나보라고 한다. 성령의 감동으로 만날 수밖에 없는 상황을 만들어주셨다.

날씨가 추운데도 자리에 앉아 통성명하고, 서로 이야기를 나누던 중에 내가 귀츨라프 위원장으로서 글 하나 쓰고 싶은데 선생님의 지도를 받고 싶다고 하며 책을 한 권 드렸다. 이 책은 최태성, 신호철, 김주창의 『귀츨라프 선교사의 조선 방문』이라는 책이다. 이재인 선생님은 귀츨라프라는 이름은 처음 듣는다고 하면서 집에 가서 읽어보겠노라 하더니, 하룻밤에 다 읽고는 내게 전화해서 "귀츨라프 소설을 내가 쓰면 어떻겠냐?"라고 하시기에, 그 말을 받아 "선생님이 쓰시면 정말 좋지요. 좋은 소설 하나 써주세요." 하고 부탁을 하여 이 책이 나오게 되었다.

귀츨라프가 동남아시아에 대한 선교 열정으로 왔다가 태국에 들어가서는 결혼도 하고 귀한 쌍둥이 딸을 낳았는데, 안타깝게도 아내와 딸 하나가 죽게 되었고, 하나 남은 아이도 몇 개월 살지 못하고 하나님의 부름을 받았다. 귀츨라프의 흔적이 태국에 많이 남아 있고, 귀츨라프는 태국어 성경을 번역까지 하였다.

이재인 선생님의 딸과 사위가 태국 선교사로 가 있다. 그래서 마음이 끌렸던 것 같다. 하나님의 은혜이다.

이재인 선생님은 귀츨라프를 알지도 못했는데 나를 만나면서 알게 되고, 사위가 태국에서 선교사로 활동하니 더욱 마음에 끌리게 되었고, 알고 보니 홍주목사가 다스리는 지방으로 왔다는 사실을 알게 되어, 예산 태생이면서도 홍주와는 연관이 많은 분이신데, 서로 마음이 맞게 되었다. 이런 인연으로 귀츨라프 소설이 나오게 되었다.

귀츨라프 소설은 처음으로 선을 보이게 된다. 전혀 생소한 사람이었는데, 소설까지 나오게 되었으니 이 기쁨은 말로 표현할 수 없다. 귀츨라프 위원장으로 일하는 몇 년 동안의 수고가 이 책으로 세상에 알려지게 되었으니 말이다. 모쪼록 많은 사람에게 읽혀 조선에 온 최초의 선교사는 '귀츨라프', 그로 인해 '한반도 복음의 시작 보령', '십자가 도시 보령'으로 복음이 전해지는 명성이 있기를 기대한다.

사단법인 보령기독교역사문화선교사업회 재정으로 이룬 사업이다. 이 일을 추진할 수 있도록 힘을 주신 최태순 이사장님, 전 이사장 박세영 목사님의 적극적인 후원에 감사를 드린다. 법인 이사님들께 감사를 드리며, 무엇보다도 이재인 선생님이 소설을 쓰셔서 큰 선물이 되었다. 더욱이 중앙뉴스와 충남문학관 제정 제16회 인산문학상 수필상을 수상하게 되어 감사드리고, 또한 『내 방에는 커피향이 흐르고』(2025. 고요아침) 시집을 출간하게 되었다. 귀 즐라프 일을 하다 보니 주신 하나님의 은혜이다. 이 자리를 빌려 감사의 인사를 드린다. 또한 출판을 맡아 주신 태학사 지현구 회장님과 편집해 주신 분들께 감사의 인사를 드린다.

안세환
보령기독교역사문화선교사업회 상임이사
흥덕교회 담임목사

이재인

충남 예산에서 태어나, 1971년 『월간문학』에 수필 「장서와 언더라인」을, 1986년 『예술계』에 단편소설 「금이빨과 금지구역」을 발표하며 등단했다. 그의 대표작인 장편소설 《악어새》는 80년대의 베스트셀러였고, 창작집 《아우의 누드집》과 《악어새》는 일본어판으로도 출간되었다. 경기대학교 국어국문학과 교수로 정년 퇴임한 후 고향에 정착하여 '한국문인인장박물관'을 신축, 개관했으며, 농사일을 하면서 글쓰기를 이어 가고 있다. 《무신 정중부》, 《제물포》, 《소설 귀츨라프》 외 《수당 이남규의 빛》 등 100여 권의 저서가 있으며, 《오영수 문학 연구》는 우수학술도서로, 《우리 소설 80선》은 문화공보부 추천도서로 선정된 바 있다. '월간문학상', '한국문학평론가협회상', '원종린 수필문학상' 등을 수상했으며, 젊은 시절 베트남 전쟁에 파병되어 국민훈장을 수여하기도 했다.